金猫座の男たち

加藤　元

集英社文庫

目次

金猫座の男たち

昭和の男

七月某日

わたしの夏休みがはじまった。

今年は何年ぶりかの猛暑だそうだ。連日、日中の気温は三十五度以上、夜になっても温度計の表示は三十度から下がらない。

「もう勘弁してくれ、俺を蒸し殺す気か」

なんて、おじいちゃんは今朝もぼやいていた。

そして今日の午後、ぎらぎら照りつける日差しをものともせず、わたしはついに、滝《たき》沢《ざわ》健《けん》司《じ》君に会ってきたのである。

健司君の仕事場は金《きん》猫《ねこ》座《ざ》。小さな映画館である。その点は、以前、ママから聞いていた通りだった。

金猫座は、地下鉄のH駅から十分ほど離れたオフィス街の一角にあった。古い雑居ビルの一階で、大通りを入った横道の路地に入口がある。あまり目立たないようひっそり構えている、といった雰囲気。健司君はここで「支配人」と呼ばれているはずだ。

ガラス張りのショーケースの中に上映作品のポスターが貼ってある。それを見て、わたしは眼《め》を疑った。

『喪服の未亡人・淫虐《いんぎゃく》調教』

同時上映は『淫乱宅配便・熱いの届けて』と『いけない卒業式・マタ会う日まで』?

何てことだ。映画館は映画館でも、ポルノ映画館だったのだ。そんなこと、ママはひと言も言っていなかったじゃないか。

入口のガラス扉に「窓口アルバイト募集・短期可」とだけ素気なく書かれた紙が貼ってある。出鼻をくじかれた気分がぱっと明るくなる。アルバイト、大いにけっこう。健司君に近づく絶好の口実ができた。

すぐに大通り沿いのコンビニエンスストアに飛び込み、履歴書用紙を買った。それから隣のドトールに入って、アイスティーのLサイズをがぶ飲みしながら、履歴書を一通作成した。最初の一枚は生まれ年の計算を間違えていたので、書き直した。わざわざ駅に戻って顔写真も撮った。履歴書代に写真代、アイスティー代まで入れたら千円を超えている。思えば、健司君に会うという目的のためだけに、乏しい資金をだいぶ投入したのだ。

金猫座のガラス扉を開くのは、うら若き乙女としては、ちょっとした勇気が必要だった。

深呼吸を一回。思いきって扉を押す。ロビーはひどく薄暗く感じられた。古い建物特有の湿った空気。トイレの芳香剤の臭いが鼻を刺す。冷房はあまり強くなかったが、それでも外に較《くら》べればじゅうぶんにひんやりとしていた。

扉を入ってすぐ右側に窓口があった。そこが受付なのだろう。小窓の奥に四十歳くらいの男がひとり座っているのが見えた。

ママのアルバムの中にある笑顔の写真とはずいぶん違う。髪型も変わり、眼の下には深い皺《しわ》が刻まれ、口もとは気難しげなへの字に結ばれている。けれど、それが健司君であることは疑いようもなかった。

「なにか御用ですか」

健司君は、窓口からいぶかしげに顔を覗《のぞ》かせた。

「アルバイトを募集していますよね？」

「せっかくだけど、若い女の子はこの仕事には向いてないよ」

ひと言で済ませようとするのに押し被《かぶ》せて、わたしは言った。

「雨宮那美子《あめみやなみこ》、覚えていますか？　わたしはその娘なんです」

「どうして」

健司君が椅子から弾《はじ》かれたように腰を浮かせた。

「……ここに？」

「母からよく話を聞いていましたから、一度お目にかかりたいと思っていたんです」

一瞬の間。健司君の表情が驚きから戸惑いに変わる。やがて、健司君は立ち上がった。

「とにかく、こっちに入ってください」

窓口の小部屋からドアを開けて出て来ると、隣にある別のドアを開けた。わたしは健司君の言葉に従ってその中に入る。四畳半ほどの空間に、事務机とスチール製のロッカーがひとつずつ。壁には折りたたみのパイプ椅子が二、三脚立てかけられている。どうやらここが事務室らしい。左の奥には映写室という札がついた扉があった。どこからか、かすかに女のなまめかしい喘《あえ》ぎ声が漏れてくる。

「座ってください」

健司君がパイプ椅子を開いて勧める。

「俺がここで働いていることを、どこで知ったんだ？」

「二年ほど前、大学時代、同じサークルにいた中浜《なかはま》さんというひとと、池袋駅前の本屋さんで偶然会ったことがあるでしょう？」

パイプ椅子に腰を下ろしながら言うと、健司君は思い当たったようだった。

「ああ、確かに」

「母は中浜さんと今でも年賀状のやりとりをしているんです。それで」

わかったわかった、と健司君が片手を振る。

「雇ってくれませんか。むろん、夏休みの間だけでいいですから。ちゃんと履歴書も書いて来ました」

「君じゃ若過ぎるんだよな」

もっとおばちゃんならいいんだけど、などとぶつぶつこぼしつつも、健司君は履歴書を受け取って眼を通す。

「高瀬《たかせ》歩《あゆみ》。大学生？　一応、二十歳は過ぎているんだな」

わたしはにっこり笑ってみせた。「どこか、問題あります？」

「時給は安いよ」

「構いません。健司君の傍《そば》で働けるなら」

健司君は、啞然《あぜん》とした表情でわたしを見返した。

「けんじくん？」

「って、呼んでもいいですよね、健司君？」

「駄目に決まっているだろう」

「だって、母は今でもそう呼んでいるんですよ」

「君は那美子」言ってから、少しだけ間を空けて続けた。「……さんじゃないでしょう」

「じゃあ、パパって呼べばいいですか」

「ぱ？」

健司君はあんぐりと口を開けた。あまりのことに二の句が継げないようだ。

「よく考えてみてくださいね、わたしの年齢」

わたしは笑顔のまま言った。

「あなたは大学四年生の夏、ろくに就職活動もしないまま、新潟へ自主製作映画の上映旅行に行く、と言って東京を出た。そして、そのまま三年間、帰ってこなかったでしょう。大学も中退してしまったし、母とも別れた。でもそのとき、わたしはもう母のお腹《なか》にいたんですよ」

色っぽい声が少し大きくなったと思ったら、不意に健司君が声を荒らげた。

「おい、水野《みずの》」

「すみません。支配人」

振り返ると、映写室の扉が少し開いていて、若い男が顔を出していた。

「単なるアルバイトの面接だと思って、好奇心でつい立ち聞きしちゃったんです」

水野、と呼ばれた男の子はしどろもどろだった。

「まさかこんなプライベートな、しかも深刻な話に発展するとは思わなかったものですから」

「いいから向こうへ行って、きっちり仕事をしろ」

水野君を追い払った後で、健司君はこちらに向き直った。

「今の話は本当か」

無理もないが、かなり硬い表情である。

「気にしないでください。今では母も別の男性と結婚して、幸福な家庭を営んでおりますので」

わたしは鷹揚《おうよう》に請け合っておいた。

「過去は過去のことです。大事なのは、健司君が今、わたしを雇ってくださるかどうか、それだけですから」

「わかった、よくわかったよ。本気で働くつもりなら」

健司君は溜息《ためいき》をつくと、あきらめきった口調でこう言った。

「俺のことは、支配人と呼びなさい」


まさか、本当に採用してくれるとは思わなかった。

わたしとしては、「娘」が現れることで、ママの存在を記憶の底にしまい込んでいたであろう健司君に、ちょっとやそっとでは忘れがたい衝撃、というものを与えてあげたかっただけなのだ。

そうすれば、ママにとっての大事な思い出を、少しだけわたしのものにできると思った。意地悪？　その通りだ。あの冬の日から今日まで、わたしはママを決して許していないのだから……。

ともあれ、こうなった以上は真面目にアルバイトに励むしかない。

一緒に過ごす時間が長ければ長いだけ、健司君の意識には、わたしという「娘」が強く刻み込まれることだろう。

そう、ママに関する記憶の上に、しっかりと。

楽しい夏休みになりそうだ。

七月某日

今日から金猫座に出勤である。

金猫座は、座席数が四十八、縦二メートル幅三メートルほどのスクリーンの、ごく小規模な映画館だ。

入口から真っ直《ます》ぐ続いた廊下のようなロビー兼喫煙所、突き当たりにトイレ。黒いリノリウム張りの床も、元はクリーム色だったであろうペンキ塗りの壁も、築四十年以上は経ているそうだから、かなり古びている。

わたしの仕事は、開館三十分前に来て、入口付近とロビー、トイレの清掃、灰皿交換にごみ棄《す》て。それから券売機の用紙補充。開館後は窓口の中でお客さんから入場券を受け取る。休憩は午後の一時間。夜は窓口まわりの片づけをして帰る、といった流れである。

窓口の奥には小型のビデオモニターが設置されていて、スクリーンで映写中の作品がここでも同時に観《み》られるようになっている。栄養ドリンクがぎっしり詰まった冷蔵ケースも置いてある。ロビーに飲料用の自動販売機はあるのだが、なぜか栄養ドリンクだけは窓口で販売しているのだ。この冷蔵ケースと自動販売機の補充も、朝の仕事の一環である。

さらに、二時間おきに館内を見まわって、こまめに掃除をするよう言いつけられた。その場合は、映写の水野君に窓口に入ってもらうことになる。

「ここのお客さん、空瓶だの煙草《たばこ》の空箱だの、そこいらにしょっちゅう抛《ほう》りっぱなしにするからね。汚すことには無頓着なんだ」

水野君が説明を加えてくれた。

「座席でお茶やジュースをぶちまけたり、たまにはもっと困る代物を。まあ、場内でなにかあったら僕が対応するように、支配人から言われているから、高瀬さんはロビーとトイレだけ見ていてくれればいいよ」

本日第一回上映時の入館者はわずか三人である。これでよく経営が成り立つと思う。

「当然、毎月赤字だよ。でも、常連のおじさんたちはいいひとばかりだよ。ごみもまき散らさないし、上映中は静かにスクリーンを観ていてくれる。芯から映画が好きなんだよね」

「そうですか」

映画好きのおじさんたちを魅了する、喪服の未亡人と淫乱宅配便。いったいどんな内容の作品なのか、ビデオモニターでしっかり確かめておかなくては。

「許せないのは、ちっとも真面目に観てないやつらだよ」

水野君が怒ったような口ぶりで言う。

「中途半端に若いサラリーマンの営業あたり。映画に興味なんてない。外まわりの合間に昼寝をしに来るんだ。そして夜、一杯引っかけてからくるときは、酔い覚ましの仮眠をとる」

いずれにしても、目的が睡眠なのは動かないところらしい。

「スクリーンの台詞《せりふ》より客のいびきが大きいことだってあるんだ。寝るのはお客さんの自由だけど、周囲のひとたちに迷惑をかけないでほしいよね」

水野君は、映画専門学校の学生さんだそうだ。人当たりのいいひとだが、全身は柳の木のようにひょろりと細長く、ふひひ、と笑うその声も力なく、前歯が一本欠けている。要は、あまり女にもてそうなタイプではない。

「あと迷惑なのは、痴漢だね」

「痴漢？」

上映している作品の関係上、金猫座に女性客が来るとは思えない。つまり、そういうことか。

わたしの表情を見て、水野君がゆっくり頷《うなず》いた。

「そういうわけ。お互いがそれでよくて、騒ぎさえ起こさなければいいんだけどさ」

痴漢なのに、お互いがそれでよいってなによ？　わたしにはまったく不可解な世界である。


休憩時間が済むと、上映作品がちょうどひと巡りして、午後二時をまわっていた。

この時点で判明していたのは、金猫座のお客さんに二十代はほとんどいないということだった。若くて三十代後半、大方は五十代か六十代で、わたしが窓口にいても、あまり動揺しない。無造作に入場券を投げつけていく。そして百円玉を投げ出して栄養ドリンクを買う。

「みんな、注意して窓口を見ていないんだよ」

水野君は愉快そうにへらへら笑った。

「なにせ、今まで受付《モギリ》にいたのが大福みたいなおばちゃんだったからね。ここに若い女の子なんかいるはずないと思って油断しているんだよ」

わたしの前任者であるそのおばちゃんは、十年以上も金猫座の受付をしていたのだが、先月から無期限長期休暇をとってしまったのだという。

「坐骨《ざこつ》神経痛が悪化したんだって。復職するかどうかは微妙なところだね」

もうひとつ、判明したのは、映写技師である水野君がちっとも映写室に落ち着いていないことだった。ロビーをふらふらうろついては、煙草を喫《す》ったりコカ・コーラを飲んだりする。そして窓口にいるわたしにいろいろなことを教えてくれる。

「おばちゃんが休んでから、支配人は便所掃除まで自分でやっていたからね。だから、来てくれてよかったんだよ。支配人も本心じゃきっとそう思っているよ」

水野君が慰め顔でこう言うのは、健司君が今朝からほとんどわたしに寄りつこうとしないからだろう。仕事上、必要な手順を教える以外は口もきかないで、窓口と壁ひとつ隔てた事務室にこもりきりなのである。

「支配人は昭和の男だから、素直じゃないんだよ」

「昭和の男？」

「支配人の口癖。俺が平成生まれだから、なにかにつけてそう言うんだ。最近のことはよくわからん、俺は昭和の男だからな、ってね」

「少し大げさなひとみたいですね、支配人は」

「少しどころか」

水野君は事務室の方に眼をやって、忍び笑いを漏らした。

「力いっぱい大仰な人間だよ。だから並のおっさん以上に、君のことは堪《こた》えていると思うね」

「そうですか」

じゅうぶん堪えてもらわねばなるまい。なにせ「娘」によるアルバイトなのだ。とはいえ、どうしても後ろめたい気分にはなる。

「いろんな事情があったにしてもさ、ここはアルバイト料も安いだろう。それでもいいの？」

それほどとも思えない。わたしはこの前の春休み、スーパーマーケットの中にあるパン屋で働いていた。時給はここととどっこいどっこいだった。

だが、それを口に出したら、絶対に怪しまれる。

「支配人って、今は独身なんですか？」

話の矛先を変えて、健司君の身上調査などを試みてみる。

「前は結婚していたんだけどね。今はひとり身。小学二年生の息子さんがいるけど、奥さんが引き取って育てている」

「離婚したんですか」

それほど多くの情報を期待してはいなかったのに、水野君は健司君の私生活をよく知っていた。

「棄てられたんだよ。稼ぎがないのに好き勝手ばかりしてるから」

訊《き》いていないことまで勝手に話してくれる。

「それと、一年前までヒサコさんっていう彼女がいたけど、このひとにも棄てられちゃった」

「……支配人」

わたしは思わず同情していた。

「棄てられてばかりですね」

「お互いにいい年齢なのに、いつまでも支配人の態度がはっきりしなかったからだよ」

金猫座を閉めた後、水野君は健司君とよくお酒を飲みに行ったりしているのだそうだ。

「年齢差はあるけど、お互いに映画好きだから、話せるんだろうな」

「仲がいいんですね」

わたしはちょっぴり羨んでいた。

「支配人の立場もわかるんだ。この仕事は食えないからね。養育費もろくに払えないんじゃないかな。俺だってほとんどボランティアみたいなアルバイトだよ」

夕方。

午後七時近くなって、ようやく日が沈みだしたころ、窓口の前で足を止め、しげしげとわたしの顔を見ているおじさんに気付いた。

「新顔だね」

五十代半ばくらいの、半袖のワイシャツを着たおじさんは、胸もとで扇子をぱたぱたとはたいた。

「ずいぶん若いおねえさんだね。若すぎるようだ」

「え？」

わたしはぎくりとした。

「よろしくお願いしますよ、おねえさん」

にっこり笑うと、おじさんは『喪服の未亡人』を上映中の場内へ姿を消した。

午前九時三十分から午後八時三十分まで。

拘束される時間は長いけれど、パン屋よりやることも少なく、気も遣わない。楽なアルバイトである。わたしとしては不服はない。

七月某日

午後一時過ぎ、ちょうど休憩の時間だった。

今日も朝から暑かったから、外に出るのが億劫《おっくう》で、わたしは窓口の中で昼食をとっていた。おばあちゃんお手製のおにぎり二個に、ロビーの自動販売機で買ったばかりの冷たいお茶。わざわざ作ってくれるのはありがたいのだが、おばあちゃんのおにぎりはいつもソフトボールみたいに大きいので困る。中身もいろいろ詰まっている。一種類でい い、と何度も言っているのだが、聞いてくれない。残り物はみんな握り込まずにはいられないらしい。

牛の佃煮《つくだに》とたくあんが入った複雑な味の一個を食べきったとき、モップとバケツを持った小柄なじいさんが入口からずかずかと入って来た。窓口の前に道具を置いて、奥のトイレに入る。出て来たとき、じいさんは歯磨きのときに使うようなプラスティックの赤いコップを手にしていた。トイレの洗面所から水道の水を汲《く》んできたものらしい。もう一方の手には、食パンが一枚入った小汚いビニール袋を持っている。

自分の口元が、うええ、と歪《ゆが》むのがわかった。まさか、あれが昼食なのだろうか。

「おじいさん」

思わず声をかけていた。

「冷たいお茶、分けてあげましょうか」

じいさんは口をもごもご動かした。

「遠慮しないでいいんですよ」

窓口から出て、じいさんの手からコップを取り上げた。入口の扉を開け、中の水を外にぶちまける。それからペットボトルのお茶を入れてあげた。

「どうぞ」

じいさんはもぞもぞと言った。「……ありがとう」

「食パンと水だけなんて、そんな鳩《はと》みたいな食事、躰《からだ》によくないです。おじいさんだって働いているんだから、もっと栄養のあるものを食べないと、いつか倒れちゃいますよ。そうだ」

ふと思いついて、窓口の中からおばあちゃんのおにぎりを持って来た。もうお腹がいっぱいなので、このじいさんに押しつけてしまおうと考えたのである。

「あげます」

じいさんはおにぎりを受け取りながら、疑わしげな眼をわたしに向けた。

「あんたは何だ？」

おにぎりはしっかりもらっておきながら、偉そうな物言いである。だが、相手はよぼよぼのじいさん。ここは敬老の精神が必要だ。

「受付のアルバイトです」

「ああ、滝沢が雇ったのか」

なにさまだ、このジジイ。支配人である健司君を呼び棄てにするとは。

「こんな映画館の受付《モギリ》では、いくらにもならんだろう。今どきの娘さんにはもっといい仕事場があるんじゃないのかね」

よけいなお世話だよ。

いや、敬老精神敬老精神。胸で念仏のように唱えてにこやかに答える。

「でも、わたしは映画が好きなものですから」

いい加減な返事である。映画好きとはとうてい言えない。好きと言えるほど多くの映画は観ていない。

「映画好き？」

じいさんは妙な顔をした。それもそうだろう。いかに映画好きでも、金猫座で上映されているのは未亡人の淫虐調教である。

「そうか、もしかしてあんた、ここのオールナイトのファンなのか？」

じいさんの表情がやや和んだ。

「あんたみたいな若い娘さんでも、あんな古い映画が好きなのかね」

じいさんが何の話をしているのかはわからなかったが、とりあえず笑顔で頷いておくことにした。

「嬉《うれ》しいね、それは。こうして続けている甲斐《かい》があるというもんだ」

じいさんはロビーでおにぎりと食パンを食べた後、モップとバケツを持って外に出て行った。

おにぎりを分けてあげたんだから、あの食パンは食べなくてもいいのに。なにせ、ジャムもバターもついていないのである。

七月某日

ロビーで煙草を喫いながら、健司君が水野君と話している。

「やっぱり、サウンドがかなり割れてきていますね」

「ここの映写機も、買い換えてもう十五年は経《た》つからな」

「新しいのに買い換えたいですねえ。オーナーに頼めませんか？　お客さんには、なるべくクリアな音で観てもらいたいじゃないですか」

「オーナーが聞き入れてくれるわけがないじゃないか。とても資金回収しきれないよ。それに、買い換えるなら、映写機じゃなくプロジェクターだろう。もうフィルムの時代じゃない」

「フィルムの方が好きなんですけど、俺」

「俺もそうだよ。だけど仕方がない。時代の流れだ」

「デジタル化がいくら進んだって、フィルムの質感には敵《かな》いませんよ」
「お前、ハリウッドに行って、お偉いさんたちにそう言って来い」
わたしの背後にあるビデオモニター、つまり、スクリーンで映写中の作品は、ちょうど次のような展開を迎えていた。

取立屋「奥さん、あんたの旦那は一億って借金を残して死んだんだよ。わかったら俺の言うことを聞くんだ。観念しな」
未亡人「ひいい、やめてえ」
取立屋「ふふふ、厭《いや》がっているのは口先だけのようだな。可愛《かわい》いもんだぜ、奥さん」
未亡人「ああ、あなた、許してちょうだい。私はいけない女なの。ああ」

健司君や水野君の考えはさておき、こういう場面における音が割れて聞こえようが、デジタルでクリアに聞こえようが、お客さんはあまり気にしないのではなかろうか。

八月某日
毎日毎日、わたしを避けるようにしている健司君をつかまえ、強引に話しかけた。
「支配人、おはようございます」

歓迎されていないのは承知の上だが、せっかくこうして同じ職場にいられるのである。わたしは健司君に嫌われたいとは思っていない。いきなり現れた「娘」という立場上、歓迎されるのは難しいにしても、気にかけてはもらいたい。それも、できる限りはいい意味で。

「母がよろしく申しておりました」

「そいつはどうも」

健司君がわたしを見る顔つき。苦虫を噛《か》みつぶしたような表情とはまさにこのことであろう。前途多難だ。

「いつも来る、あの掃除のおじいさん、態度でかいですね」

とりあえず差し障りのなさそうな話題を振ってみる。少しの沈黙のあとで、健司君は答えた。

「……そりゃまあ、でかいだろうな」

話に乗ってくれた。わたしは調子づいて後を続けた。

「あんまり貧乏そうで可哀想《かわいそう》だから、いつもお茶とかジュースを分けてあげているんです。そうしたら、このごろではそれが当たり前になって、自分からいそいそコップを持ってくるようになっちゃったんです」

「ふうん」

健司君の口もとがぴくぴく動いた。笑ったのだ。おじいさんネタは、どうやら受けたようである。

「ほれって言って、わたしにコップを突き出すんですよ。ずうずうしいジジイですよね」

「そのずうずうしいジジイは」健司君は静かに言葉を挟んだ。「掃除のおじいさんじゃない。大川《おおかわ》さんといって、この金猫座のオーナーだ」

「オーナー？」

わたしは妙な顔をしたと思う。

「映画館だけじゃない。このビル自体も所有している」

「だったら、かなりお金持ちなんですね。もっとましな昼ごはんを食べればいいのに」

「金持ちほど、締めるところは締めるもんなんだよ」

「いつだったか、母も同じようなことを言っていました」

ママのことを持ち出した瞬間、健司君の眉間にくっきり皺が寄った。

「よく話し合う母娘だな、君たちは」

「母は、娘を自分の親友にしたくて、わたしを育てたそうですから」

「那美子さんらしい」

「ママのため、それだけの親友なんです。わたしのじゃない」

健司君が不審そうに見返していた。わたしの声は棘《とげ》を含んだものになっていたようだ。

まずい。話を変えよう。

「そういえば、オーナーから聞いたんですけど、オールナイトって何ですか」

「来週やるよ。休館日の前日に。月に一度の名画上映会だ。今回は稲垣浩《いながきひろし》特集」

イナガキ、誰？

「当日は通常の番組の終映がいつもより早くなる。オールナイトは十時から開映だ。その受付をしてもらうぶん、君にも残業をお願いすることになるんだが、構わないか？」

わたしは、はい、と頷いた。

「夜のあいだ入口は締め切るから、上映がはじまったらすぐに帰っていいよ」

「わたしも観ていっちゃ駄目ですか？」

健司君はふっと嬉しそうな顔になる。

「朝までだよ。おうちの方で心配しないか？」

わたしも嬉しくなった。健司君のそんな表情を見たのははじめてだったから。

「大丈夫です。母は支配人を信頼してますから」

ひと言多かった。健司君は一瞬にして渋い顔に戻った。

「……とうてい、信頼に足る人間じゃないですがね」

もう若くもないくせに、自分の感情を隠すのが実に下手なんだな、このひとは。

これがほかのおじさんならうんざりするところだが、健司君の場合はそうならなかった。かえっていじくってやりたくなって、こう言った。

「まともな就職を迫る恋人を置いて、新潟に逃げたことですか？　母はもう気にしていませんよ」

「喋《しゃべ》り過ぎだ。自分の娘に」

言い棄てると、健司君は事務室に入ってしまった。

アルバイトをはじめて二週間弱、ようやく親しく話ができた、気がする。今日のところは、これでよしとしておくか。

八月某日
水野君にいきなり訊かれる。

「歩ちゃんて、彼氏はいるの？」

片頬が、ぴく、と引きつったのがわかる。

ずいぶん厭味なことを訊きやがる。いたら、こんなところで毎日アルバイトをして、あんたと喋ってなんかいない。それに、いつの間に歩ちゃん呼ばわりなんだよ。誰が許可した？

「残念ながらいません」

中《ちゅう》っ腹《ぱら》で答えると、ふひひ、と水野君が心地よさげに笑った。

「それを聞いたら、支配人がきっと安心するな。歩ちゃんに彼氏がいるのかどうか、かなり気にしていたからね。やっぱり実の娘さん」

言ってから、水野君はしまったという表情でつけ加える。

「……かもしれない子だから、気になるみたい」

わたしの不快感は、またたくうちに消え去った。

「そんなことを気にしているんですか、支配人」

健司君が、わたしを気にかけている。それこそ望んでいたことだ。本当なら嬉しい。実に嬉しい。

いいことを教えてくれたね、水野君。許す。好きなようにわたしを呼んでいいよ。

「きっと親心というやつだろうね。支配人はさ、俺が歩ちゃんと仲良く話していると、微妙に不機嫌になるんだもの」

嬉しいには嬉しい。けれど、胸のどこかがかすかに疼《うず》いた。良心というやつかもしれない。

「そんな風には見えないですけどね。支配人はわたしに対して無愛想だし、いつも逃げ腰なんですよ」

「照れているだけだよ」

「そう思いますか?」

顔が自然と笑えてくるのを誤魔化して、下を向いた。

厭がっているのは口先だけですか。可愛いもんだぜ。いつの間にか、未亡人に迫る取立屋みたいなことを考えて、ほくそ笑んでいる。

「意地っ張りなんだよね、支配人は。なにせ昭和の男だから」

水野君がのんびりと言う。またもや胸のどこかを、ちくりと苦い棘が刺す。

気にしているのは「実の娘さん」に対する「親心」として?

そうだ。わたしは嘘《うそ》をつき過ぎている。

八月某日

オールナイト当日。

夜十時の開演だというのに、多くのひとたちが集まってきて、意外だった。いつもと違って、座席がいっぱい埋まったのだ。

健司君は事務室からパイプ椅子を二つ持って来て、客席の最後列の後ろに置いた。

「支配人も観るんですか?」

「好きな映画なんだ。楽しみでね」

第一回の上映がはじまった。

『無法松の一生』という作品だった。

第二回の上映は『日本誕生』だった。

さっきの映画で主役の松五郎《まつごろう》を演じていたごつい俳優さんが、髪をみずらに結って出てきた。女装して、敵の親分にひと目惚《ぼ》れされたりする。おいおいそれは無茶だろう。胆《はら》で突っ込みながら観ていたのだが、話の途中でわたしは力尽き、沈んだ。だいぶ大きく舟を漕《こ》いでいたらしい。健司君に揺り起こされた。

「事務室に椅子を用意したから、寝てきなさい」

「すみません」

ロビーの長椅子が事務室に持ち込んである。わたしはそこに横になって、すぐさま寝入った。

「僕は、無法松ならやはり阪妻《ばんつま》の方がいいんだな」

どのくらいの時間が過ぎたものか。

オーナーのもごもごした話し声で、ゆっくりと意識が戻ってくる。

「あれは、じいさんが建てた木造の金猫座が空襲で焼ける前に上映した映画《シャシン》だった。長《なが》門裕之《とひろゆき》が子役でね。園井恵子《そのいけいこ》が演じた奥さんは品があってきれいだったよ」

「俺は最初に三船《みふね》版で観たんです」

健司君の声が応じる。「だから戦後版の方が好きですね」

「やっぱり三船もいいからな。昔のスターはね、風格が違う。高峰秀子《たかみねひでこ》の奥さんもよかった」

「そうですね。俺はもうリアルタイムじゃありませんでしたけど」

健司君とオーナーは、わたしに背を向けてパイプ椅子に腰をかけていた。誰かが毛布をかけてくれているのに気付く。

「俺が子供のころ、映画の黄金時代はとっくに終わっていましたから。外国映画も日本映画も、名作はみんな名画座かビデオですよ」

「君が生まれたのは、ちょうどここをビルに建て替えた時分だろうな。僕の若いころはまだまだ映画全盛期だった。親父《おやじ》の代、まだここがビルになってない時代だ。金猫座は大スクリーンを備えた堂々たる映画館だったよ」

「七十ミリがブームだったころですか。『ベン・ハー』に『十戒』、『ウエストサイド物語』」

「金猫座では『釈迦』と『秦・始皇帝』だった。大映《だいえい》の封切館だったから、あくまでも国産でね」

オーナーは深い溜息をついた。

「嫁にも息子にも理解してもらえないんだよな。僕がどうして金猫座の存続にこだわるのか。ただの感傷だって文句を言うんだ。僕だって、なにも赤字経営を続けてまで感傷に浸るほど酔狂なわけじゃない。ただ、つぶしたくない一心なんだよ。金猫座は、じいさんの代から三代も続いている。どんな姿になったって、僕の代で閉めるのはどうしてもね」

「お蔭《かげ》で道楽させてもらっていますよ」

「なあに、僕の道楽でもあるんだ」

わたしが起き上がった気配に、オーナーが振り向いた。

「お嬢さん、眼が覚めたようだよ」

外はすっかり夜が明けているようだった。


起きて、トイレで顔を洗って、口をゆすぐ。

ロビーに出ていくと、健司君が煙草を喫っていた。

「途中で寝ちゃってすみません」

頭を下げると、健司君は苦笑を返した。

「那美子さん、あのひとも映画の途中でよく寝ていた。やっぱり母娘なんだな」

「でも『無法松の一生』のときはちゃんと起きていました」

わたしはちょっとむきになった。ママと同じだと言われたくはなかった。

「けど、松五郎の気持ち、わたしには今ひとつわからないな」

「そうかい？」

「松五郎は、吉岡《よしおか》の奥さんのことが好きなんでしょう？　好きなら好き、と、どうしてはっきり告白しちゃいけないんですか」

吉岡の旦那さんは死んじゃったんだし、なにも問題はなさそうなのに。

「松五郎は人力車夫で、奥さんは陸軍大尉の未亡人。身分が違うんだよ。明治時代の男だからな」

「奥さんに言うでしょう。俺の心はきたないって。あんなことをどうして言うのかなあ。申しわけすまん、なんて謝ったりして」

好きだという気持ちをきたないと言って謝るなんて、わたしにはまったくわからない。

だが、健司君は困ったように笑っただけだった。

「支配人にはわかるんですか」

「昭和の男だから」

あ、十八番が出た。わたしはちょっと嬉しくなる。

「好きになると、いろいろ相手に求めたくなるだろう？　きれいな気持ちだけじゃすまない」

「……そんなものかな」

ふっと、話が途切れた。わたしは慌てて言葉を探す。

「支配人」

「うん？」

「ゆうべは儲《もう》かりましたか？」

うわあ、言うに事欠いて、どうしてこんな身も蓋もないことを訊いちゃったんだろう、わたし。

「いや、フィルムのレンタル代すれすれかな」

健司君は案外あっさりと返事をしてくれた。

「一回ごとに入れ替えができればまだしも、オールナイト四十八席じゃね。たかが知れている」

なぜ、儲かりもしないような企画をわざわざ立てるのだろうか。だが、それは問うまでもない。わたしにもその答えはわかっていた。

「道楽、ですか」

「そう、道楽。自分の好きな映画を組んで上映する。それだけが楽しみなんだ」

「学生時代は自分で映画を作っていたんですよね？　今は上映するだけでいいんですか」

「そっちも興味があったけどね。新潟へ行ったり九州へ行ったり、あちこちをまわって、いろんな連中に会っているうちに、本当にやりたいことがわかったんだよ。自分がいいと思う映画をお客さんに観てもらうこと、そのひとたちに感動してもらうことがなにより楽しい。向いているんだってね」

「そうでしたか」

ようやく腑《ふ》に落ちた。わたしがオールナイトを観たいと言ったとき、健司君があんなに嬉しそうな顔をしたのは、そのためだったのだ。

「無遠慮なことを訊いてしまって、すみませんでした」

「なに、君が無遠慮なのは、今にはじまったことじゃない」

何だそりゃ。

「で、そんな風に生きてきた結果、親兄弟から渾名《あだな》をひとつ頂戴した。馬鹿息子だ」

「はあ」

どうにも慰めようがなかった。

「いつまでも金にもならない、先が見えないことばかり続けていて、ちっとも落ち着かないんだから、仕方がない」

「そういう支配人の生き方、わたしは嫌いじゃありません」

「ありがとう」

健司君は煙そうな表情になる。そしてふたたび、会話が切れた。

けれど、今度は無理して話の接穂《つぎほ》は探さなかった。わたしは黙って健司君の顔を見ていた。

徹夜明けでくたびれた顔。ずっと昔、ママの恋人だった男のひとが、ママの知らない長い歳月を生きてきた顔。

映画はちょっとしか観られなかったけど、健司君のこの顔を見られた。ここにいてよかった。

思いつつ、胸はもやもやしている。底の方で、後ろめたさが渦を巻いている。

「ま、それもこれも、オーナーが許してくれているうちは、だけど」

事務室の方を横目で見ながら、健司君はいくぶん小さな声で言った。

「なにせ、オーナーも、もういい年齢だからな。金猫座もいつまで持つか」

「もしもですよ。もし、金猫座がなくなっちゃったら、支配人はどうするんですか？」

健司君は短くなった煙草を口から離すと、吸殻スタンドの上に押しつけてゆっくりともみ消した。

「どうしようか？」

呟《つぶや》くように言う。

「どうするかな。しかし、この業界から離れられないやつはけっこういてね。それこそ日本全国に。いずれ一緒にやらないかと言ってくれているひともいる。座席四十四の、ここよりも小さい映画館だけどね。いざとなったら、そっちに越してもいいと思っている」

「どこです？」

「北海道」

健司君はワイシャツの胸ポケットから煙草の箱を引っ張り出し、新しい一本に火をつけた。

その様子を見て、わたしはひそかに安堵《あんど》した。煙草もう一本ぶん、二人だけでこうして話をしていられる。

「北海道ですか。遠いですね」

新潟よりも、と思ったが、口には出さなかった。

「とてもつき合いきれない。そう言って前の彼女は出て行った」

「ヒサコさんと結婚に踏み切れなかったのは、そのせいですか」

しまった。ひと言よけいだった。

健司君の顔から笑いが消え、眉間に深い皺が寄せられている。

「いろいろなことをよく知っているねえ、君は」

まだ長い煙草を吸殻スタンドに抛り込むと、健司君は事務室に戻っていった。

健司君にとって、わたしはどうせ無遠慮な「娘」だ。当初の目的からすれば、ここでさらに踏み込むべきだったのかもしれない。

ママとも、だから別れたんですか。結婚してうまくやっていく自信がないから、逃げ出したの？

だけど、わたしはなにも訊かなかった。黙って健司君の後姿を見送っていた。

ママのこと、どう思っていた？　今でも少しは想《おも》っているの？

昨晩なら、平気で訊けただろう。その問いを、茶化すように投げかけることができた。なのに、どうしたことか、この朝はもうそれができなくなっている。

いくらにもならない道楽仕事にこだわった挙句、奥さんや彼女に棄てられ、親兄弟からは馬鹿息子と呼ばれる。

そういう支配人の生き方、わたしは嫌いじゃありません。

さっき口にした言葉は、本音だった。わたしは、健司君のそんな生き方が、嫌いではない。

大真面目で、大げさな、昭和の男が、嫌いではない。

吸殻スタンドから煙が細く立ちのぼっている。中に水が入っているはずなのに、おかしいな。吸殻受けを覗き込むと、さっき健司君が落としていった煙草が、水浸しになった吸殻の上にうまく乗りかかって、白い煙をしぶとく吐き続けている。ぼんやり眺めているうち、煙にむせて咳込《せきこ》んだ。

わたしは、健司君に同情しているのだろうか？　これは、娘としての気持ちなのかな。

吸殻スタンドを軽く揺さぶる。じゅっとかすかな音を立てて、吸殻の火が消える。

——困ったことに、たぶん、違う。

八月某日

午後八時半。

終業時間が来たとき、外は雨が降っていた。

「厭だなあ」

雨脚はかなり強かった。ガラス扉の前で嘆息していると、ロビーに出てきた健司君に訊かれた。

「傘を持っていないのか？」

「はい」

咄嗟《とっさ》に答えた。嘘である。本当は鞄《かばん》の中に折りたたみ傘が入っている。

だが、好機到来、ここで食いつけ、と、心の声がわたしをせっついたのだ。なにせ、オールナイト明けの朝以来、健司君と二人で話す機会はまるでなかった。

「忘れ物の傘を持っていくといい。事務室にビニール傘が二、三本転がっているはずだ」

言い残して事務室のロッカーを覗きに行った健司君は、すまなそうな表情を浮かべて戻ってきた。

「一本もない。間が悪いときっていうのはあるもんだな」

あきらめるな。食いつき続行。

わたしは鞄から携帯電話を取り出して、画面を確かめるふりをする。留守番電話もメールの受信もない。もともと、このビルの中は電波が届きにくいのだ。しかし素知らぬ顔で嘘を重ねる。

「ちょうど母からメールが届いています。うちの最寄駅には自動車で迎えに来てくれるそうです」

「それはよかった」

健司君は、足早にその場を去ろうとした。

「待ってください、支配人」わたしは鋭く呼び止めた。「そこの駅までわたしを送っていってくれませんか」

健司君がぎょっとしたように振り向いた。

「俺が？　どうして」

「支配人は傘を持っているんでしょう。わたしは持っていないんですよ」

「水野に頼みなさい。水野を呼ぼう」

「あのひとにはまだお仕事があるでしょう。それに、わたしは地下鉄H駅、水野君はJ

RのⅠ駅利用です。方角が違います」

食いつき作戦はかくして成功した。

激しい水しぶきを上げながら自動車が行き交う大通り。雨夜の歩道に人影は少なかった。

「支配人、そんなに離れて歩かないでください。肩が水びたしですよ」

黒くて大きな傘の下、わたしの声はうきうきと弾んでいた。

「大丈夫だ」

同じ傘の下で、健司君は重く沈んだ声を返す。

「ちっとも大丈夫じゃありません。風邪をひきますよ」

「いいんだよ、大丈夫なんだってば」

前方から若い男女の二人連れが歩いて来て、わたしたちとすれ違った。

「支配人とわたし、あのひとたちからはどんな関係に見えるでしょうね」

「ええ？」

「やっぱり親子に見えるでしょうか」

「…………」

「不倫中の上司と若い部下には見えませんか」

「ちゃんと足もとを見なさい。そこに水たまりがある」

健司君の二の腕が、わたしの肩に触れる。

二十年前、ママと健司君も、こんな風に相合傘をして歩いたのだろうか。健司君はママの肩に触れたり、髪に触れたりしたんだろうか。

そう考えた瞬間、わたしはママに物凄《ものすご》く嫉妬していた。

「支配人、ヒサコさんは何歳だったんですか？」

「どうしていきなりそんなことを訊くんだ。教えないよ」

「もしもですよ。もしも、わたしと同じくらいの年齢の女とつき合うことになったら、どうしますか、支配人？」

「両親がまた嘆くだろうよ。馬鹿息子がまたやらかした」

会話はすぐに途切れる。傘に当たる雨音だけが大きい。二の腕が触れる。ワイシャツの向こうの、健司君の肌の温《ぬく》み。さっきまではあった気持ちの余裕がだんだんなくなってくる。

そのとき、健司君の胸で携帯電話が振動した。

「電話が鳴っていますよ。出なくていいんですか」

「ああ」健司君が胸もとをちらりと見る。「いいよ、今は」

なぜ出ないんだろう。さては、女からか。

よけいなことを考えて、どす黒いものがまたしてもとぐろを巻く。

「支配人、メールアドレスを教えてください」

健司君はあからさまに厭な顔をした。

「何で？」

何でって。

「メールを送るからに決まっているじゃないですか」

「メールなんて要らないよ」

「要らなくったって、わたしが勝手に送ります」

「返事は出さないからな」

「いいですよ、それで」

「よくないよ」

たかがアドレスを教える教えないで、なぜ口喧嘩《くちげんか》みたいになるのだろうか。

「いいんですったら」

わたしは健司君の胸ポケットから携帯電話を取り上げて、アドレス交換をさっさと済ませてしまった。

「そんなことをしても、返事は本当に出さないからな」

「はいはい」

やがて地下鉄の入口に着く。わたしは健司君の傘から飛び出した。

「おやすみなさい」

「おやすみ」

言うなり背中を向けて、健司君は来た道を帰っていく。雨に濡《ぬ》れた真っ黒なアスファルトが、街明かりを映してきらきらと光っていた。

夜の雨の匂いは、何だか胸を詰まらせる。わたしは小さく呟いてみた。

奥さん、俺の心はきたない。申しわけすまん。

松五郎の気持ちはわからない。だけど、松五郎の痛みは、わたしにも少しだけわかった気がする。

八月某日
破局は、いきなり訪れた。

午後になってから、健司君が怖い顔でわたしを事務室に呼んだのである。

「履歴書に書いた年齢は嘘だろう」

開口いちばん、そう言われた。

「君は二十一歳の女子大生ではなく、十八歳の高校三年生だってな」

ばれた。

つまり、健司君の娘ではあり得ないことがわかってしまったというわけだ。健司君はいまいましげに首を振った。

「何ということだ。まだ高校生だと知ってたら、絶対に働かせなかった」

まずいなあ、と思いつつ、とりあえず言いわけをしてみた。

「大学の件は、まんざら嘘でもないんです。もう推薦入学が内定しているんですよ。これでもけっこう優等生なんです」

だが、わたしの弁解に耳を貸す様子は、健司君にはまるでなかった。

「オールナイトの日は、どうやって家を抜け出したんだ?」

「よくある手ですよ。女友だちの家にお泊まり」

「まったく、とんだ不良娘だな」

「誰でも使う手です。支配人だって母によくその手を使わせたでしょう?」

冗談めかして言ってみたが、健司君の表情は厳しいままだ。わたしはおそるおそる訊ねた。

「あのう、どうしてそのことがわかってしまったんでしょうか?」

「ゆうべ、大学時代の知り合いからたまたま連絡があった。そのとき、気になることを聞いたんだ。そいつは那美子さんとは繫《つな》がりがなかったけど、奥さんの友だちが彼女の元同級生だった」

「気になること?」

健司君は、わたしから静かに視線を外した。

ああ、これはいけない。本格的にいろいろばれたんだ。

「だから、さっき君の家に電話をかけてみた。おばあさんが出たよ」

「……それで、うちのおばあちゃんから話を聞いたんですか？」

「ああ」

「わたしのことや、ママのことも、ぜんぶ？」

沈黙。ややあって、健司君は重い溜息を落とした。

「君は、どうしてあんな嘘をついた？」


どうして？

どうしてって？

去年の年末、雨混じりの雪がちらついた夜だった。

ママは酔っ払って、駅のホームの階段から転落した。

そして、それきり。意識は戻らずじまいで、二日後に息を引き取った。お通夜のとき、おじいちゃんは言った。

「いつまでもふらふら落ち着かないで、ふらふらしたまま死んじまった。本当に馬鹿だ。馬鹿なやつだな」

わたしもそう思ったよ。馬鹿なママだって。

どうしてあんな嘘をついたのかって?

だって、あの日、はじめて健司君に会ったとき、ママが死んだことを話したら、きっと健司君は同情した。同情からわたしにやさしくした。それからママとのいろいろな過去を思い出して、わたしの存在など頭から即座に消し去ってしまったことだろう。

そんな風になるのは、わたしはぜったいに厭だった。

けれど、自分のそういう感情を、この場で、――健司君の前ですぐさま言葉に変換することができない。

だから黙っているしかなかった。

長い沈黙ののち、健司君が口を開いた。

「とにかく、今日でアルバイトは終わりだ。高校生を雇ってはおけない。今日までのアルバイト料は、今から精算する」

「支配人」

水野君が事務室に駆け込んできて、青い顔で言った。

「トイレの入口で、オーナーがひっくり返りました」

オーナーを救急車で送り出した直後、馘首《くび》になったわたしも金猫座を後にした。

ぼんやりしたまま家に帰ったら、おばあちゃんに言われた。

「アルバイト面接の身元確認だって電話があったよ、金魚屋さんから」

「金魚屋さん？」

「金魚なんか、お前、上手にすくえるのかい？」

おばあちゃんは、わたしが以前、パン屋のアルバイトを決めたときは「お前にうまくパンが焼けるのかい」と心配していたものだ。アルバイトの業務内容について、なにか根本的に勘違いをしているようだ。しかも、今回は業種まで間違えている。

「すくえないよ。だから今日でやめた」

面倒くさいから、生返事をしただけで、さっさと自分の部屋に入ってしまった。

健司君は、金猫座の一件をおばあちゃんには詳しく伝えなかったらしい。わたしのついた嘘のことも黙っていてくれたのだろう。

それにしても、金猫座と金魚屋を取り違えるかね。どういう耳をしているんだ、おばあちゃんは。

八月某日

水野君に電話をかけて、あれから後のことを聞いてみた。

オーナーは軽い熱中症で、命に別状はなかったが、そのまま入院してしまったのだそうだ。

「もう八十歳近いだろう。年齢が年齢だからね」

年齢はともかく、倒れたのは栄養失調も原因だったんじゃないのかな。

「支配人、わたしのこと怒ってます？」

「怒ってはいないけど、かなりへこんでいる。来るお客さんがみんな、窓口にいた女の子はどうしたんだ、どこへやった、なにがあったって支配人にうるさく訊くもんだからさ」

「へえ、そうなんですか？」

すると、金猫座のお客さんたちは、窓口の中を、見ていないようでしっかり見ていたものらしい。

「しかし俺も驚いたよ。実際は高校三年生だったなんて、俺の妹と一緒だ。とてもそうは見えない。歩ちゃんはどっしり落ち着いているよね」

「どっしり？」

「金猫座の雰囲気にすっかり溶け込んでいたよ」

「…………」

これってぜったい、褒め言葉ではないだろうな。

「いっぱい嘘をついてしまって、本当にごめんなさい」

口に出しては言えないままだったから、健司君にメールを送った。

返信は期待していなかった。あの雨の夜、はっきりそう言われたのだから。

けれど一時間後、健司君は返事をくれた。

「詫《わ》びを言いたい気持ちがあるなら、メールじゃない。直接会ったうえで言いなさい。嘘をついた理由、まだ答えてもらっていませんよ」

叱られた。

とうてい喜ぶべき内容の返事ではない。にもかかわらず、わたしの気持ちは明るくなった。これは、会おう、ということではないか。

そして、さらにわたしを上機嫌にしたのは、次の言葉だった。

「とにかく、君が娘じゃないということがわかってよかったです」

あとで、おばあちゃんが不思議がっていた。

「昨日までは仏頂面だったのに、今日はまたずいぶんと愛想がいいんだね」

健司君にまた会える。わたしの頭にはその一事しかなかった。

九月某日

土曜日の夕方四時、わたしは健司君に会った。

待ち合わせたのは、金猫座の近くのドトールである。約束の時間より十五分も前に店に入って、アイスティーを注文し、窓際のカウンター席に腰を下ろした。大通りに面しているので、健司君が金猫座から歩いてくる姿が見えると思ったのである。

「やあ」

突然、背後から健司君の声がした。

「びっくりした。いつ来たんですか」

「ちょっと前だよ。奥に座っていた」

それは予想外だった。早めに来て、待ち構えているつもりだったのに。

「てことは、もうなにか頼んじゃったんですね」

「コーヒーを飲んでいる」

「ああ、残念」

「何が？」

「お詫びのしるしに、わたしがご馳走《ちそう》しようと考えていたんです」

健司君は苦笑した。

「お気持ちだけでけっこうですよ」

「だって、安月給なんでしょう。別れた奥さんに子供の養育費も払えないって、水野君から聞いています」

「……大きなお世話だよ」

健司君が奥へ向かう。わたしはアイスティーを持ってその背中を追いかける。

「働かせてくれたお蔭で、今のところたくさんお小遣いを持っていますから」

お互いに、以前と変わらない調子で話している。よかった。

健司君に会ったら、どんな顔をすればいいだろう。わたしは素直に話せるだろうか、健司君はこれまでどおりに話してくれるだろうか。

会えることは嬉しかったけれど、約束した四時が迫るにつれ、かなり不安になっていたのだ。

「どうして、娘だなんて、あんな嘘をついた？」

当然すぎるほど当然な健司君の疑問に、うまく答えられるかどうか、この期に及んでも自信はない。

「いつか話しましたよね。ママはわたしを自分の親友にしたかったんです」

だから、ママはわたしに、たくさんの打ち明け話をした。健司君のことや、わたしのパパのこと。それから、ほかの男のひとたちとの恋と冒険の物語。

「一度、わたしはママに訊いてみたことがあるんです」

――ママがいちばん好きだったひとは、誰なの？

みんな、そのときはいちばん好きだったのよ。でも、今になってみると、いちばん懐かしいのは、大学時代の恋人だった健司君ね。ただ、ひたすら映画が好きで、それが嵩《こう》じてママの傍からいなくなった男の子。ママは健司君を追いかけまわした。健司君が好きなものは、ママも好きになろうとした。健司君の趣味に合わせて、観たくもない古い映画を何十本も観た。健司君は決まって週末をぎっしり名画座のはしごに当てていたんだもの。一緒にいたいと思ったら、そうするしかなかった。映画なんか観るより、二人でもっと話をしたかった。したいことはほかにいくらでもあったのにね。あんな偏屈なひとに、どうしてあれほど夢中になっちゃったのかしら。今は金猫座という映画館で働いているって、中浜ちゃんが知らせてくれたけど。会いたいなあ。でもきっと、会わない方がいいのよね。別れてしまう少し前から、ママと健司君は喧嘩ばかりしていたんだから。健司君はいつも映画のことばかり話して、現実なんかちっとも見ていなくて、将来のことは何にも考えてないんだもの。けどね、遠くの街に住み着いちゃったときだって、追いかけようとすれば追いかけられた。健司君がひと言、来い、と言ってくれたら、ママはきっと飛んでいってしまったでしょうね。なのに、健司君はナシのつぶて。考えてみれば、つき合っているあいだ、あのひとはずっとそうだった。恋人より大事なものを抱えているひとを追いかけてばかりいることに、ママもほとほと疲れ果ててしまったのよ。

それが、ママの答えだった。

「本当のことを言えば、ママの親友の顔をして、大人みたいなふりをして、ママの昔の恋や、現在進行形の冒険話を聞くのは、わたしにとって楽しいことばかりとはいえなかったんです」

もし、女の子じゃなくて男の子が生まれていたら、健司っていう名前をつけるつもりだったの。

「いつまでも夢見がちにそう言うママが、少しだけ憎らしかった」

だって、そんなことは、わたしにはもちろん、ママと離婚して、ふた月に一度くらいしか会わなくなったわたしのパパにだって、ひどく失礼な話じゃないか。

けれど、そういうことを、ママはまったく気にしないひとだった。

「それでも、わたしは我慢したんです」

ママには誰も友だちがいないのを、わたしは知っていたから。わたしだけでもママの親友でいてあげたかったから。

それなのに、そんなわたしに対して、ママはどんな仕打ちをした?

「お通夜のときも、お葬式のときも、初七日の法要もみんな、ママのために泣いてなんてあげたくなかった」

あの夜、ママは、誰とお酒を飲んでいたの? 家までちゃんと送ってもくれない男と、まともに歩いて帰れないほど泥酔するまで飲んで、最終電車へ急いだの? そんな女はひどく格好悪いって、ママはいつもわたしに言っていたくせに。

お葬式にも来なかった、そんな男と、ママはどんな恋をしようとしていたの? どうせ何ヵ月か過ぎた後で、溜息をつきながら言うに決まっている。

――いちばん懐かしいのは、やっぱり健司君だわ、って。

「ママが死んだ、あの日からずっと、わたしはママに腹を立てていたんです。わたしはママに意地悪をしたかった」

「だから?」健司君がはじめて言葉を挟んだ。「だから、俺の娘になりすました?」

「そうすれば、健司君はこれから先、ママを思い出すたびに、わたしのことも考えずにはいられなくなるでしょう？」

わたしは、ママがこのうえなく大切に思っていた健司君を、ママからちょっとだけ横取りしようとしたのだ。そのくらいしてやったって当たり前だと思った。ママは、あんな風に親友《わたし》を置き去りにしていったんだから。

だけど、日が経つにつれ、わたしは後悔するようになっていた。実の娘だなんて、まったくひどい嘘だった。

健司君は小さく首を横に振った。

「理解しよう、とは思う」

わたしは謝るしかなかった。

「ごめんなさい」

「もとはといえば、俺自身の不徳の致すところだよ」

言うと、健司君は立ち上がった。

「そろそろ行くよ。なにせ水野と二人体制だ。そんなに長いことさぼってもいられない」

「新しいアルバイトのひとは入りました？」

「いいや。でも、何とかやっている」

「そうですか」

もう金猫座には戻れないのだ。改めてそう思うと、寂しかった。

「健司君」

コーヒーカップと灰皿の載ったトレイを持って去りかけた健司君を、わたしは呼び止めた。

「また会ってくれます？」

足を止めて、背中を向けたまま、健司君は答えた。

「健司君、と呼ぶのはよせ」

「あれ？」

いけない。支配人、と呼ぶよう心掛けていたつもりが、いつの間にやら心の声を口に出してしまっていたのだ。しかし、もはや金猫座の従業員でもない以上、支配人、と呼び続けるのもおかしい気がする。

「じゃあ、何て呼べばいいんでしょうか？」

「次に会うときまでに考えておくよ」

急ぎ足で店を出て行く健司君を、わたしはずっと見送っていた。

その後は何度も会っているけど、わたしは結局「健司君」と呼んでしまっている。健司君もあきらめたようで、なにも言わなくなった。

九月某日

今日は金猫座の休館日だというから、水野君を誘ってオーナーのお見舞いに行った。最初に健司君を誘ったのだけれど、今日は先約があるといって断られたのだ。

「あれこれ雑用が溜《た》まっているからね。支配人には休日があってないようなもんだよ」

水野君が言った。

「安月給で休みなし。だから結局、奥さんにも彼女にも逃げられるわけ」

けっこうけっこう。みんな逃げちまえ。

病院で、オーナーから悪い知らせを聞いた。金猫座は九月いっぱいで休館することに決まったという。

「しばらくのあいだだけだよ」

オーナーはこともなげに言った。

「嫁も息子も娘も婿も孫たちも、ががたうるさいからな」

オーナーの意志はともかく、身内全員が金猫座存続に乗り気でないことは確かなようだ。

「僕の体力さえ本調子になれば、いつか絶対に再開する。そうしたらまた働いてくれよ、水野君」

オーナーはそう言ってから、わたしの方を見た。

「歩君もね、ぜひとも観に来なさい」

「え？」

調教未亡人と淫乱ＯＬを？

いくら高校を卒業しても、それはちょっと遠慮したい。一瞬そう怯《ひる》んだのは、わたしの早とちりだった。

「月一のオールナイト、またやるからね」

わたしと水野君は三千円もするチョコレートの詰め合わせをお見舞いに持っていったのに、オーナーはお湯みたいな薄いお茶に塩せんべい一枚を出してくれただけだった。

「この分じゃ、まだまだ長生きするよ、オーナーは」

水野君が嘆息した。わたしもそう思う。

だから、オーナーが約束した、いつか、を、たぶん信じていいんだろう。

十一月某日
今日、健司君は北海道に発《た》った。
出発の日には、学校を休んででも見送りに行くと伝えておいたら、黙って発たれた。
健司君は空港からメールを送ってきたのだ。やられた。

こうなっては仕方がない。元気で新しいお仕事に励んでください、と激励のメールを健司君に送っておいた。

これでしばらく健司君とは会えない。

二月某日

今日、高校最後の期末テストが終わった。

数日前から冷え込みが厳しくなった。朝は鼻がつんとするほど空気が冷たい。

「勘弁してくれ、俺を凍死させる気か」

とか何とか、おじいちゃんは朝からぼやいている。

わたしは健司君にメールを送った。

「もうすぐ春休みです。会いに行ってもいいですか。今度は娘としてじゃなく」

そこまで文字を打ってから、勇気を出してつけ加えた。

「ほんの少し、きたない心を持っていきます」

二月某日

今日、健司君からやっと返信が届いた。

三日間も待たされた。その間、わたしがどんなにやきもきさせられたことか。考えては悲観し、後悔し、落ち込んだ。苦しい三日間だった。こういうことのマナーがまったくできていないから困るのだ、昭和生まれの連中は。

健司君のメールはとても短かった。

「観念して待っています。昭和の男より」

……何だか、どこかで聞いたような文句だった。それも、あまり好ましいとはいえない場面で使われていた言葉だった気がする。

だけど、実のところ嬉しかった。だから、人生で最高に嬉しいメールでしたよ、と送ったら、今度は三十分後くらいに返事が来た。

「人生なんて、まだ十八年しか生きていない小娘が生意気を言うな」

このメールはあまり嬉しくなかった。四十面下げて親からまだ馬鹿息子と呼ばれている健司君に、こんなことは言われたくないもんだ。

わたしはママと同じことをしようとしているのかな。かつてのママが健司君を追いかけたように、わたしもまた、同じ道を突っ走ろうとしているのかな。

でも、わたしが追っているのは、ママの思い出の中にいた、偏屈な男の子じゃない。夏とは違う。

もう何日かで、春休み。

ママが知らない昭和の男に、わたしは会いにいこうとしている。

「昭和の男へ。

厭がっているのは、どうせ口先だけだろう？

せいぜい観念しておけ」

仁義なき男

一

九月に入って、一週間。暑さの盛りはとうに過ぎた。日に日に秋へと近づいていなければならない、はずだ。

だが、夏はまだ一向に去る気配がなかった。夜の熱気が、肌にねっとりべったり絡みつく。

あづい。

僕は、六畳に満たない自室のベッドに横たわり、口を半開きにして犬のように喘《あえ》いでいた。

暑いあつい、あーづーい。

もし横に我が親父《おやっ》さんがいれば、ぼやくんじゃない、と叱ることだろう。

「いくら言っても涼しくはならない。心頭滅却すれば火もまた涼しだ」

親父さんは、都立高校の国語教師で、今年は二年生の学年主任で、男子柔道部の顧問をしている。強く正しい先生である。そして、我が子を甘やかさないというのが、確固たる教育方針だった。よって、僕の部屋には冷房がない。ベッドの足もとに置いた扇風機ひとつが命綱だ。自分に向けて強風を当て、眼《め》を閉じる。

自分ら夫婦の部屋にはしっかりエアコンを効かせているくせに。手前勝手な理念を押しつけくさって。

「くそ親父《おやじ》がよう。いつまであんとなもんの風下に立っとるつもりなんじゃ、おどれは？」

不意に、耳もとで野太い声がした、気がした。

それは夢の入口だったのだろう。僕は眠りに沈んでいった。


アラーム。

携帯電話から軽快に鳴り響く仁義なき戦いのテーマ曲を止め、貼りついた上下のまぶたをどうにか開く。

ちっとも寝た気がしない。ここ二ヵ月ばかり、ベッドの上で横になっても、眠った実感がなかった。寝返りを打つうちに外がしらじらと明けはじめ、ようやくとろとろしたと思ったら、目覚ましのアラーム。その繰りかえしなのだ。

ああ、親父さんさえ冷房を許してくれれば、こんな苦しみはなかったのに。昔の子供たちはもっと我慢強かったって？　現代の夏は昔とは違うんだ。アルバイト先である映画館・金猫座《きんねこざ》の大川《おおかわ》オーナーも、つい二週間ほど前、熱中症で倒れた。もっとも、オーナーはだいぶ年寄りだから無理もないのだが。この調子では僕だって倒れそうだ。

部屋を出て、トイレに向かった。僕の家はマンションの3LDKである。北向きの玄関を入ると廊下を挟んで左右に僕と妹の部屋、続いてバスルームに洗面所、トイレが位置している。廊下の奥、仕切りの扉の向こうにリビングルームと両親の寝室がある。

「おはよう、お兄ちゃん」

扉を開いて身を乗り出し、母親が声をかけて来る。僕は、うう、と低く応えてトイレに入った。

「朝ごはんは？」

できればトイレを出てから聞いてほしい。しかし、母親は構わず声を張りあげる。寝不足の頭には響きすぎるソプラノ声だ。母親は学生時代、合唱部で美声を誇り、現在も趣味でコーラスサークルに参加している。筋金入りのオペラ女だ。見た目もプリマドンナばりに迫力がある。有体《ありてい》に言えば、かなりふとっている。

小用を済ませ、洗面所で手を洗う。ついでにべとついた顔も洗う。洗面所の入口まで近寄って来て、母親が問いを繰りかえす。

「朝ごはんはどうするの？」

食欲がないから、要らない。それに、時間もない。食べていたら、アルバイトに間に合わなくなる。

返答をする代わりに、歯磨き粉をつけた歯ぶらしを口に突っ込んで、首を横に振る。母親とはなるべく口を利きたくなかった。

「お兄ちゃん、今日もアルバイトなのね」

僕は歯磨き粉をしゃこしゃこ泡立てながら頷《うなず》いた。

「働くのに熱心なのはいいことだけど、いつまでこんな生活を続ける気なの？」

いきなり斬りこんできた。だから話をしたくないのである。

「毎日アルバイト、アルバイトって。専門学校、真面目に行っていないんでしょう？」

そんなことはないよ。熱心とはいえないまでも、帳尻は合わせている。こうして毎日働いているのは、学費を稼ぐためでもある。もっとも、半分は親がかりだから、胸を張っては言えないけれど。第一、今はまだ夏休みだしさ。

「ちゃんと通わないと駄目よ。大学受験をあきらめてまで入った学校なんだしね」

あきらめた？　そうなのかな。自分にとっては大学へ行くより確実に意味があることだ。二浪決定ののち、僕なりに悩んだ挙句そう結論を出したのは、あきらめたことになるのかな。

　僕はひたすら歯を磨きつづけた。なにを言っても無駄だろう。来年は大学受験をしない、専門学校に通いたい。二年前、思いきって口に出したその瞬間から、両親にとって僕は落ちこぼれた存在なのだ。おまけに学費稼ぎにポルノ映画館でアルバイト。恥ずべき息子と成り果てた。

「お父さんが、ゆっくり話をしたいって言っているわよ」

　話？　何の話をするんだ、今さら？

　僕は水道の蛇口を開けて、プラスティックのコップに水を注ぎ入れた。

　学校だけが人生じゃない。お前の進路を決めるのはお前自身だ。おれはよけいな口出しはしない。

　二年前、親父さんはそう言ったはずだ。もう、それで話は終わったはずじゃないか？　だけど、終わっていない。親父さんとしては、終わらせたくないのだ。親父さんのしたい話の中身は、たやすく予想がつく。

　意味のあることをしろ。アルバイトもいい。だが、将来に繋《つな》がる仕事を探せ。人生は一度しかない。若い日は還《かえ》らない。後悔のないように生きろ。正しく生きろ。

　コップの中の水をがぶりと口に含み、勢いよくすすいで吐き出した。

　結局、僕が選んだ進路が、両親にはどうしても納得できないのだ。間違った方に向かっている息子を矯正したい。そう考えているんだ。わかっている。わかってはいても、どうにもならない。

　僕が返事をしないので、母親の声がいくぶん尖《とが》ってきた。

「将来のこととか、ちゃんと考えているの？」

　母親の巨体をおしのけるようにしながら洗面所を出、自分の部屋に戻った。ドアを閉めて、寝巻にしていたよれよれのTシャツとジャージパンツを脱ぐ。ジーンズに脚を突っ込み、洗濯済みのTシャツをひと振りしてから頭にかぶる。

「お兄ちゃんってば」

　母親の声がしつこく追いかけてきた。

「返事くらいしなさい」

　ああ、うるさいな。ただでさえ暑苦しいのに、朝っぱらからきんきんと。

　舌打ちを押し殺した瞬間、怒号が響いた。

「やかましいんじゃ、われ」

　ぎょっとした。

　こわごわTシャツの襟もとから首を出すと、眼の前に男がひとり突っ立っている。

「そがな説教は聞き飽きたがよ、おう」

　ドアをがごん、と蹴り飛ばす。きついパーマ頭にサングラス、派手なアロハシャツに腹巻。

カツトシだ。

また出た。

「その態度は何です」母親は激昂《げきこう》して怒鳴り返してくる。「お母さんは、あんたを心配してあげているんじゃないの」

母親は、今の返事を、僕が言ったと思っている。

当然だ。僕だって、彼の出現が幻覚だという自覚はある。頭がおかしくなったわけじゃない。

「おうおうおう、何じゃい、われ」

カツトシがさらに蛮声を張りあげた。

「心配してあげている、じゃと？　偉そうにしくさって。誰に向かって世迷言《よまいごと》抜かしとるんなら」

いや、やっぱりおかしいのかな。こんなにはっきり見えて、声も聞こえるんだから。

自信がなくなってきた。僕はカツトシの姿を見ないようにしながらドアを開ける。母親が茫然《ぼうぜん》と立ち尽くしていた。それもそうであろう。これまで僕が口答えをすることは滅多になかったんだから。

それも、あんな耳慣れない言葉遣いで、なあ。

僕は後ろ手に素早くドアを閉めた。幻覚とは知りつつも、室内からカットシが出てくるのを恐れたのだ。

「行ってきます」

ひと言だけ、言った。

「待ちなさい。まだ話は終わってないのよ」

勘弁してくれよ、母ちゃん。アルバイトがあるんだよ。

しかし、口には出さない。いつだって、僕はそうして来た。なにを言われても、にやにや笑ってやり過ごす。胆《はら》にある言葉は、決して言わない。そして、母親にぼやかれる。

「ちっともひとの話を聞かないんだから、この子は」

馬耳東風。ひたすら聞き流すこと。それだけが、悪い子になれない僕にできる唯一の反抗だった。

僕は、親の正しさに決して逆らえなかった。

だが、カットシの生き方は僕と正反対だった。彼は悪い子になることなど微塵《みじん》も恐れない。むしろ、あえて極道の道を選んだ男なのである。

「ええ加減、その口を閉じんかい」

自覚としては、僕が発した声ではない。あくまでも、カットシが部屋から叫んでいるのだ。

しかし現実は違う。その証拠に、母親は僕を凝視していた。

「咽喉《のど》チンコ引っこ抜かれたいんかい、おばはん？」

母親に素早く背を向け、スニーカーを突っかけると、逃げるように玄関を出た。

二

なにもかも、この暑さのせいだ。

繰りかえし自分に言いきかせながら、駅までの道を歩いた。

暑さが悪い。近々夏は終わる。そうすれば寝不足は解消される。それで万事解決だ。

しかし、僕のはかない希望を打ち砕くかのように、午前九時の日差しは強烈だった。

ふらつく足もとをどうにか踏みしめて階段を駆け下り、地下鉄に乗る。

十月になっても、まだ日中の最高気温が三十度超えの日が続いているなんてことになったら、どうしよう？

気がつくと、僕の近くにはまったくといっていいほど他人が寄って来ていない。下を向いてひとり言をぶつぶつ呟《つぶや》いている不気味なやつだと思われているに違いない。

まずい。これではますますおかしな人間そのものではないか。

午前九時四十分過ぎ、薄汚れた雑居ビルの一階にある金猫座に着いた。「窓口アルバイト募集・短期可」と書かれた紙が貼ってあるガラス扉を開いて中に入る。

「おはようございます」

滝沢《たきざわ》支配人がむっつりと応じた。自動販売機の前に立ち、バケツを手に提げている。トイレ掃除を済ませたところらしい。

「今日も暑いなあ」

「暑いですね」

「まるで涼しくならないな」

「なりませんね」

僕と支配人は、小津安二郎《おづやすじろう》の映画ばりに無意味なやりとりを交わした。いつものことである。

「不景気な面をするなよ、若いくせに」

そう言う支配人の方が、よっぽどさえない表情をしている。僕はへへへと笑うにとどめた。

「暑いのは苦手なんですよ」

「お前、冬も嫌いだって言っていなかったか？」

「暑いのにも寒いのにも、弱いんです」

支配人はあきれ返った風に背を向けた。心なしかやせたようだ。無理もない。夏に入って三ヵ月、支配人は心身両面で苦労が絶えない。受付の岩清水《いわしみず》さんが長期休暇を取ったのを皮切りに、大川オーナーは熱中症で倒れるし、岩清水さんの代わりに雇ったアルバイトの女の子は問題ありで使えなくなるし、踏んだり蹴ったりだ。現在、働いているのは支配人と僕の二人きり。わずか四十八席、暇なうえにも暇な映画館だからやっていけているようなものである。

このうえ僕がおかしくなってしまったら、金猫座はどうなるんだろう。

考えるともなしに考えながら、ガラス扉へ眼をやった。そして、アルバイト募集の貼紙の裏側に、さっき支配人が貼ったばかりと思《おぼ》しき告知ポスターを発見した。

「おわあああ」

「変な声を出すな。どうかしたのか」

支配人はロビーのベンチに腰を下ろして、煙草《たばこ》に火をつけようとしていた。

「九月のオールナイトって、『仁義なき戦い』シリーズなんですか？」

「そうだよ。水野《みずの》も好きだったろう？」

「ええ、それはもちろん」

好きなのは間違いない。携帯電話にも、仁義なきシリーズのテーマ曲をしっかり登録している。もっとも、通話もメールも、基本的に着信音はマナーモードに切り替えているから、目覚ましのアラームに使用しているくらいだけれど。

そうか、わかった。毎朝、あのテーマ曲を夢の出口で耳にしていたこと、そいつが原因だ。僕の脳内のどこかで、朝が来るごとに、仁義なきシリーズの名場面が繰りかえし上映されてしまっていたのだ。おそらくそのせいで、あんなことが起きたのだ。そうに違いない。

よりによって、そんな状況下にある今『仁義なき戦い』の一挙上映。タイミングが悪いにもほどがある。

「水野」

僕の煩悶《はんもん》をよそに、支配人が改まったように呼びかけた。

「短期で手伝ってくれるような友だちの心当たりはないか？」

「いないこともないです」

咄嗟《とっさ》に、中学からの友人である雫石孝一《しずくいしこういち》の顔が浮かんだ。

ゆえのないことではない。そもそも『仁義なき戦い』が面白い映画であると教えてくれたのはあいつだった。それで僕は雫石と一緒にあの映画をはじめて観《み》たのだ。中学二年生のときだった。

「ひと晩だけでいいんだ。普段はどうにか二人で凌《しの》げるとして、オールナイトのときは手助けが欲しい」

連絡してみます、と僕は言った。

「日中の上映作が観たければ、ただで観られるとも言ってやってくれ」

さて、どうかな。雫石は、ここの映画を積極的に観ようと思うかなあ。

金猫座で働きだしてから、専門学校の同級生を何度か誘ってみたことはあるが、連中の反応はたいがい決まっていた。ポルノ映画なんかわざわざ観るのは面倒くさい。どうせ修正済みなんだろう？　その手の映像はインターネットで無修正のものを拾って来るからいい。ちょっとこちらを小馬鹿にしたように笑いながら、そんな風に答える。みんな、好奇心が薄いのか。ポルノ映画への食わず嫌いの偏見か。照れか、はたまたすかしているのか。ともかく、ここの上映作に肩入れしがちな僕としては、そういう反応を眼にするのが愉快じゃない。雫石にもこれまで誘いをかけたことはなかった。

「観たがるのは、むしろ『仁義なき戦い』でしょう。スクリーンで観られる機会なんて滅多にないですからね」

「俺だって、最初はビデオで観た口だ。学生時代は名画座を追っかけて何度も観たし、この商売をはじめてからは、映写をしてフィルムも扱ったけれど」

「金猫座でも、何度か上映したことがあるんですか？」

支配人は頷いた。

「ここのお客さんは、みんなこのシリーズが好きだからな。最後に派手にやろうかと思って」

「さいご？」

思わず大きな声を上げていた。

「金猫座、つぶれるんですか？」

「休業だ。つぶれるわけじゃない」

支配人はむっつりと返した。

「水野もそろそろ新学期がはじまるだろう。それに、肝心のオーナーが倒れたんじゃ、アルバイトを補充してまで金猫座《うち》みたいな赤字映画館を維持していくことは難しいんだよ」

「そんな」

僕は少なからず衝撃を受けていた。

「……そんな、藪《やぶ》から棒な」

何ということだ。この金猫座がつぶれ、いや、休業になったら、どうすればいいんだろう。

「もう確定なんですか。い、いつまでなんですか？」

「おそらく今月いっぱいということになるな」

「………」

まともな返事すらできない。虚《うつ》ろな胸に、母親のソプラノ声が響きわたった。

よかったわねえ。これを機に、ポルノ映画館なんかとはきれいさっぱり手を切って、まともな生活に戻るのよ。

僕はまぶたを固く閉じ、両手のこぶしを握りしめた。

――なにをこきよるんない、こん糞《くそ》ったれ。映画館を離れて、わしらの顔が立つかい。

やばい、これはカツトシの言葉じゃないか。

僕は慌てて眼を開けた。さいわいなことに、支配人と僕しかいないがらんとしたロビーに、彼は姿を現してはいなかった。

「急なことで、本当にすまない」

支配人が、心配そうな声を出す。

「お前の不満な気持ちはわかる。眼尻がきりきり上がっているぞ。しかし、気持ちを静めてくれ」

いや、別に怒っているわけじゃないんです。少なくとも、僕は。

「大丈夫です」

ほっと息をつく。しかし、僕の意識の奥で、カツトシが完全に覚醒してしまったことは確かなようだ。

支配人は、入口のアルバイト募集の紙も剝がしておかなくちゃな、と寂しげに呟いた。

映写室に入って、扉の脇のブレーカーを上げる。

二台の映写機と音響機器に電源が入り、排熱ファンがまわり出す。いよいよ本日の開映だ。一日のはじまりであるこの瞬間が、僕はいちばん好きだった。

「将来を考えたら、ここには長くいるべきじゃない」

支配人にはよく言われる。

「すべての映画がデジタル化するわけじゃないにせよ、映写技師の仕事自体がなくなって来ているしな」

映写機の埃《ほこり》を拭き取り、初回上映の『喪服の未亡人・立ったまま後ろから』のフィルムを映写機に装填する。金猫座の映写機はだいぶ旧《ふる》い型である。三本立ての上映作品が終わる都度、一本一本フィルムを架け替えなければならない。それでも、フィルムさえ装填してしまえば、あとはあまりすることがない。通常時であれば、ロビーに出て煙草を喫《す》ったりしていた。しかし、人手不足の現在、受付《モギリ》も僕の担当である。

午前九時五十分、開映十分前。ふたたびロビーに出ると、支配人が情けない顔をして両手をひらひらさせた。

「ゼロだ」

僕はがっくりした。

「こっちは俺が見ているから、気にせず開映してくれ」

と言われても、客席に誰もいないのに上映するのは、ひじょうにむなしい。まあ、仕方がない。そのうちぼつぼつ入ってくるだろう。

映写室に戻ると、僕は映写機を覗《のぞ》きこみ、フィルムのコマのスタート位置を確認した。開映五分前、映写室の明かりを消す。開映一分前、チャイムを鳴らし、スクリーンの幕を開け、映写機のスタートボタンを押し、場内の照明を消す。

子供のころ、たまに映画館に来ると、必ず振り返って映写室の窓を見ていた。現在、僕は憧れていたその場所にいる。

すっかり慣れきった作業なのに、今さらながら感慨を覚えるのは、ついさっき支配人から聞かされた金猫座休館の件が頭にあるせいだろう。

「人生のためになる、感動的ないい映画を観ろ。そういう映画に、おれも育てられてきた」

それが、子供のころから大の映画好きだったという、親父さんの口癖だった。

しかし、公立高校の国語教師である親父さんはいつも多忙で、僕や妹を映画館へ連れていってくれたことはほとんどなかった。その代わり、親父さんは映画のビデオテープを数多く収集していた。月に一度は家族そろってテレビの前に集まり、名作映画の上映会をした。

親父さんは、基本的にアメリカ映画派で、日本映画のお薦めは黒澤明《くろさわあきら》に限られていた。

「『七人の侍』を観なければ、映画は語れない」

「『生きる』を観て心を打たれないやつは、まともな人間じゃない」

僕が映画好きになったのは、紛れもなく親父さんの影響だ。けれど、僕には、素直にそう言いたくない屈託がある。

そもそも、僕は黒澤明とあまりいい出会い方ができなかった。小学校二年生のときに観た『七人の侍』は音質が悪く、台詞《せりふ》を聴き取るだけでひと苦労だった。暗めの白黒画面にも馴染《なじ》めなかった。登場人物たちも、七人の侍のうち、リーダーの志村喬《しむらたかし》と若侍の木村功《きむらいさお》、にわか侍の三船敏郎《みふねとしろう》まではさすがに把握できたものの、加東大介《かとうだいすけ》は農民と間違え、宮口精二《みやぐちせいじ》を戦闘のうちに見失い、稲葉義男《いなばよしお》と千秋実《ちあきみのる》を混同し、二人の見分けはついにつかずじまいのまま、日本映画史上最大の傑作は終わってしまったのだった。

『生きる』は、最初から最後まで志村喬扮《ふん》する主人公・渡辺《わたなべ》さんの行動についていけなかった。具合が悪いんだから、ブランコ漕《こ》いで歌っていないで、早く病院へ行けばいいじゃないか。もっとも、こちらも観たのは小学校五年生のとき。病に侵されて人生を見つめなおす初老の役人の悲哀を味わうには、まだまだ若輩の身でありすぎた。

「名作には若いうちに触れておけ」

それが親父さんの方針だった。しかし、やはり当時の僕にあれらの作品は早すぎたのではなかろうか。

だが、それを言うと、親父さんは僕をせせら笑うのである。

「おれだって、はじめて『七人の侍』や『生きる』を観たのは、ほんの子供のころだ。それでも感動したぞ。要するに、お前は感性がにぶいということだ」

水野家では、親父さんの権威は絶対だった。親父さんが「感性がにぶい」と決めてしまえば、それが定説になる。

「でも、あれは面白かったよ。『静かなる決闘』。三船敏郎が、僕の純潔は、とか言いながら泣く話」

僕なりに抗弁を試みても、親父さんは鼻先で笑い飛ばす。

「あれは、黒澤の中でも大した作品じゃないという定評があるんだ」

その後、中学から高校へと進み、美術や音楽といった教科で多少はよい評価を得た際も、親父さんの判断を覆すことはできなかった。

「お兄ちゃん、芸術系の感性はゼロなのに、今学期の成績は5だったの？」

母親は本気で首を傾《かし》げていた。

「よほど出来が悪いのかしら、まわりの子」

母親は親父さんの元教え子で、十歳以上も年齢が離れている。そのせいか、母親は迷うことなく親父さんの価値観に従って生きているようだった。二人が争っている姿を、僕も妹も見たことがない。

「よい本を読め」

「よい映画を観ろ」

「よい音楽を聴け」

親父さんは常に正しかった。間違ったことなど、なにひとつ口にしない。

そして、成長するにつれて判明してきたことがある。僕の好きになるものは、ことごとく親父さんにとっては無意味な、くだらない代物で、理解を得られるものなど皆無だったのだ。それは、親父さんを絶対的に尊敬していた僕にとって、ひじょうにつらい現実だった。

親父さんに対するそんな畏敬の念が揺らぎはじめたのは、中学二年生のとき。二学期の開始とともに転入してきた雫石孝一と仲良く話すようになったのがきっかけだった。

「俺の父ちゃん、夏休み前に失踪したんや」

雫石はのっけから、複雑な家庭の事情をさらりと口にした。

「知り合いといわず親戚といわず、手当たり次第に金借りまくって、どろん。豪快やろ？　なかなか真似《まね》できることやないで。もっとも、だいぶやばい筋の金も踏み倒したみたいやから、もう地元へは顔出しできんやろけどな。父ちゃん、冗談抜きで大阪湾に浮くわ。ははは」

　笑いごとじゃないだろうと思うのだが、雫石には屈託がなかった。

「ほんで、三年前に父ちゃんと離婚しとった母ちゃんを頼って、こうして東京に来たんやけどな。母ちゃん、俺の知らん間に亭主を持っとった」

　ここまで話して、ようやく雫石の顔に翳《かげ》が差した。

「ややこしいてな。来たばっかりやけど、早う家を出たいわ」

「わかるよ」

　僕は深い共感を覚えた。

「お前も家を出たいんか。そんなにしんどいんか、お前の家?」

　大変ではない。しかし、それはそれでいろいろと「しんどい」。

　雫石の饒舌《じょうぜつ》につられたものか、気付くと僕は、母親が父親の教え子であったことまで打ち明けてしまっていた。

「高校教師が、女子高生とつき合うたんか?」

　雫石は露骨に眉をひそめた。

「いや、結婚したのは、母親が大学を卒業してからだよ」

「関係ないわ、そんなん」

雫石はばっさり切り棄《す》てた。

「お前の親父、ど助平やな」

僕は唖然《あぜん》とした。

「……そうか」

そうだったのか。うちの親父さんは、単なるど助平であったのか。

それまで抱いていた崇高なる父親像が、音を立てて崩れ落ちていった。以来、雫石孝一は僕にとって特別な友人なのである。


男の怒号が響いた。

映写窓から場内を見渡すと、いつの間にか四、五人のお客さんの頭が座席の上に覗いている。揉《も》めごとが起きているのは後方のようだ。

「お前、なにをしやがるんだ。警察へ突き出すぞ、警察へ」

男がひとり立ち上がり、わめきちらしていた。厭《いや》だなあ。自分の眉間にくっきり皺《しわ》が寄るのがわかった。酔っ払いだろうか。まだ正午前だが、金猫座で昼から酒くさいひとは珍しくない。

「まあまあまあ」

支配人が場内にすべり込み、すみやかにそちらへ駆け寄った。よかった。これで事態は解決に向かうだろう。僕は胸を撫《な》で下ろす。

頼りにしていますよ、支配人。

「まあまあまあまあ、お客さん」

なだめながら、支配人はわめく男をロビーへ連れ出そうとする。

「この変態が」

見ると、脇にもうひとりの男がいて、なにやらもごもご言いかえしている気配だった。話の内容はわからない。騒いでいる男の怒鳴り声だけが聞こえてくる。

「警察へ突き出してやるからな」

なるほど。事態はじゅうぶん察知できた。また痴漢だ。

ポルノ映画館に女性客はいない。つまり、男同士の痴漢である。金猫座は基本的にがら空きなので、この手合いが少なくないのだ。ああ、うんざり。なるべくなら関わりになりたくない。ならないでおこう。

支配人、頑張って。僕が出る幕はないよね？

「おう」

背後から、どすの利いた声。

おそるおそる振り向くと、カットシが扉にもたれている。

「どうしたんなら、われ、出て行かんのか？」

僕は映写機に眼を向けて、聞こえないふりをする。

「支配人を助けてやらんのか？」

助けたいのはやまやまだけど、無理。

「ほう、何でじゃ？」

そろそろ二本目の『真空痴態・掃除機好きなメイドさん』を上映する準備にかからないといけないからね。

「そげなもん、抛《ほう》っておいても構わんじゃろうが」

構うよ。上映時間がずれてしまう。それにね、題名はだいぶあれだけど、けっこういい話なんだ。お客さんたちに、ゆっくり愉《たの》しんでもらいたいなあ。

「そんなら、よけいに片をつけておいた方がええじゃない。こんだけの客入りでよ、五分や十分、間が空いたところで、誰が気にするかい」

その通りである。だが、僕はカットシを無視した。無視するしかないじゃないか。

やつは妄想。やつは妄想。気にしない。気にしない。

「出えや、こら。支配人のところへ行ってやらんかい」

カットシの声がだんだん威嚇的になって来る。

「おどれはそれでも男か、おおう？」

頑として無視。

「ほうか。じゃったら、わしに任しときない」

がこん。

映写室の扉が開いた。僕ははっとする。カットシの姿はすでにない。

やばい。あいつ、ロビーへ出て行きやがった。

考える間もなく、僕は映写室を駆け出していた。

「なにをごちゃごちゃ言うとるんなら、こん外道が。わしの商売の邪魔するやつは、今すぐこの場でぶち殺しちゃるがよ。おう?」

「珍しいこともあるもんだな」

支配人がしきりに首を傾げていた。

「てっきり聞こえないふりで、ロビーには出て来ないと思った。水野は揉めごとが嫌いだもんな」

見損なわないでください。僕が支配人を見棄てるわけがないじゃないですか。

「あの痴漢のおっさん、往生際が悪かったんだよ。誘ったのはそっちだとか何だとか、ごちゃごちゃ言うから、触られた若い男が逆上して、事態がどうにも収拾つかなくなりかけていたんだ。こりゃ、いよいよ警察を呼ばなきゃならない破目になるかと観念しかけたよ。そこへお前が飛び出して来てくれたわけだ」

僕も、そんなことじゃないかと思って、映写室の中でひそかに作戦を練っていたんです。

「本当に助かったよ。お前があああしてわめき散らしてくれたから、あれだけ怒鳴りまくっていた男が、いっぺんで静かになったものな」

そうなんです。ああいう場合には、気合いが必要なんですよ、気合いが。

「まあ、今回はあれで興奮も静まって、どっちも素直に出ていってくれたからいいけれど、何度も使える手じゃないな。お前、完全にいっちゃった兄ちゃんだったもんな。あははは」

はっはっはっはっは。

「それにしても意外だったよ。お前にあんな迫力があるとはな」

僕だって、これで喧嘩《けんか》のひとつやふたつはしたことがあるんですよ。……主に妹とですけど。

「まるで『仁義なき戦い』の大友勝利《おおともかつとし》みたいだった」

はあ、そうでしょうね。

「穏便に済んでよかった。こっちとしても、警察沙汰になるのはありがたくないしな」

でも、フィルムの架け替えが遅れちゃったから、上映時間は狂っちゃいましたよね。

オールナイトはそこそこ客も入るし、やはりいざという場合の人手は必要ですよ。

「そうだな。心当たりがあるっていう友だちに頼んでみてくれないか?」

支配人と話した直後、僕はさっそく雫石孝一にメールをした。

金猫座の一日アルバイトを頼むばかりじゃない。今現在、僕の身に起こっている異常事態を伝えたかったのだ。

わかってくれそうなのは、あいつしかいなかった。

雫石に、カツトシのことを話そう。話してどうなるかはわからない。鼻で笑われるか、病院へ行けと言われるか。とりあえずは、聞いてもらえるだけで、かなり気分が落ち着くはずだ。

三

「幻覚が見える?」

いかリングを口にくわえた雫石は、僕の顔をまじまじと見直した。

「お前、それ、ものごっつうやばい話やで」

よくわかっている。だからこうして相談しているんじゃないか。

運のいいことに、連絡がついた雫石は暇な身だった。

それで、夜の九時前、終映のフィルムをかけてから金猫座を出、地下鉄と私鉄を乗り継いで雫石の住む街へとやって来た。待ち合わせた駅の改札を出ると、正面にどどんと大型のパチンコ店がそびえている。その先はアーケードが長く続いた商店街である。

雫石とはすぐに会えた。パチンコ屋の横手にあるがら空きの定食屋に入って、生ビールを二つ頼んだ。雫石は食事を済ませたという。僕は空腹だったので、ミックスフライ定食を頼んだ。そして、まずはオールナイトのアルバイトのことから話を切りだした。

「ひと晩だけやったらやってもええけどな。日給は安いんやろ？」

でも、モギリやホールの番をすればいいだけだから仕事は楽だよ。それに、仁義なきシリーズをスクリーンで観られる機会なんて、そうそうないしね。

「エロ映画は観られへんのか？」

え、そっちも興味があるわけ？

「訊《き》くまでもないやん。ないわけないやろ」

さすがは雫石だ。それなら支配人に頼んでおく。お薦めは『真空痴態・掃除機好きなメイドさん』だよ。

「えらい題やな」

いや、題名はちょっとあれだけど、主役のメイドさんがいじらしくて、ラストはほろっと来るんだ、これが。

話をまとめる三分足らずのうちに、ビールと定食がてきぱきと運ばれてきた。雫石の行きつけであるこの店は、僕もつき合いで何度か利用している。唯一の従業員であるばあさんは、いらっしゃいませもお待ちどおさまもありがとうございましたも言わないし、ごはんはぱさぱさだし、わかめと麩《ふ》がゆらゆら浮いているだけの味噌汁《みそしる》はぬるくて薄い。ひどい店だが、雫石は気に入っている。いつ行っても空《す》いとるやん、というのが贔屓《ひいき》の理由らしい。僕としてもこの際、周囲に客がひとりとしていないのは、なによりありがたかった。

「いかリング、一個くれ」

言うなり、返事も待たずに、雫石は皿の上のいかリングを指でつまみ上げた。ついさっき、満腹だからなにも食べないと言ったくせに、いつもこうだ。

内心嘆息しながら、僕は思いきってあのことを話しだしたのである。

「何の幻覚なんや？」

大友勝利だ。

「オオトモ、カツトシ？」

雫石は、あんぐり口を開けた。

「『仁義なき戦い』の?」

そうだ。

「千葉真一《ちばしんいち》が演《や》った、やくざ役?」

そうだよ。

「阿呆《あほ》くさ。冗談抜かすな」

鼻息で吹き飛ばすように言って、雫石はビールジョッキを傾けた。

それが、本当だから参っているんだ。冗談だったら、どんなにいいか。

陰鬱に薄笑いを浮かべていると、雫石はようやく真顔になった。

「……おい、本当《ほんま》なんか?」


ことの起こりは、去年のクリスマス・イヴだった。

金猫座が閉館《はね》た後、専門学校の同級生である駿河《するが》のアパートに行った。もうひとり、三浦《みうら》という同級生も合流した。野郎三人、泊まり込みですき焼きを食い、DVDの上映会でひと晩を明かそうという約束ができていたのである。

「クリスマス・イヴに、何でそんな寒《さつぶ》い真似をさらすねん」

いや、今、問題なのはそこじゃないから。

「お前ら、そろって彼女おらへんかったんか？」

愚問だ。恋人がいたらそんな「さっぶい」夜を過ごそうとするもんか。

「俺かて彼女おらんかったけど、わりに楽しく過ごしたわ。アルバイト先でパーティーがあってな」

パーティー？

「女の子もぎょうさん来とって、楽しかったわ」

どうして僕を誘ってくれないんだよ？


提案したのは僕だった。

「『仁義なき戦い』五部作。ＤＶＤを全巻持っているから、それにしないか？」

「いいね」

「俺、観たことがなかったからな、仁義なきシリーズ」

「ちょうどぴったりだ」

三浦も駿河も、口々に同意した。クリスマス・イヴに、やくざ映画。なにがぴったりなのか、まったく意味不明であるが、とにかく僕ら三人が殺伐とした心情であったことは疑う余地がない。

それでも、家にいるよりははるかにましだった。高校二年生の妹でさえ「イヴの夜は、ごはんは要らない。彼氏と会うから、帰りは遅くなるよ」などと小癪《こしゃく》なことを口にしていやがったのである。それなのに、兄の僕が、おうちでパパやママと仲良くケーキを食べながらメリークリスマス。そんな屈辱を味わうことがどうしてできようか。

三人は、世の中のカップルを呪いながらすき焼き鍋をつついたのだった。

雫石は、気の毒そうに訊いた。

「うまかったか？」

まずかった。

「これ、すき焼きか？」

三浦がしかめ面をした。

「なにか、別物のような気がするぞ」

「肉豆腐だよな」僕は同意した。「それも、全国チェーンの居酒屋で食べる肉豆腐だ」

「肉が安すぎたなあ」

買い出し担当だった駿河がきまり悪そうに言った。

「ちゃんと和牛を買ったんだろうな？」

訊くと、駿河は視線をそらし気味に答えた。

「いいや、いちばん安かった、オーストラリア産のこま切れにした」

「何だと」

三浦は気色ばんだ。

「どうしてそんなけちな真似をするんだ？」

「それがその、金が足りなくてさ」

駿河はごにょごにょ言いわけをした。

「そんなはずはないだろう。俺たち、ちゃんと金は預けたじゃないか」

「みんなで試そうと思って、ちょっとよけいな買い物をしちゃったんだよ」

「ケーキか？」

「違う」

「何だよ、それ？」

三浦が声を荒らげた。

「せっかくのクリスマス・イヴなのに、ケーキもなしかよ。そのうえ肉豆腐。どうしてくれるんだよ、この始末」

「クリスマス・イヴに男三人ですき焼きしとったんやろ？」

雫石はゆっくり首を横に振った。

「そのうえケーキを買《こ》うとったら、よっぽど悲惨やないか。わからんなあ。何でぶち切れるんやろ、その三浦君？」

クリスマスだから、面白い買い物をしたのだと、駿河は思わせぶりな言い方をした。

「なにを買ったんだよ？」

「もう少し盛り上がってから、言うよ」

「盛り上がるわけがないだろう、この状況で」

三浦の声ははっきり震えていた。

「勝手な真似をしやがって、許せねえ」

このようなとき、まあまあとなだめるのが、僕の役どころである。

「いいから、映画を流そうや」

こうして、すき焼きならぬ肉豆腐をつつき、缶ビールをちびちび啜《すす》りつつ、僕らは気まずく『仁義なき戦い』を観はじめた。ふてくされていた三浦も、気まずそうな駿河も、いつしか画面に見入っているようだった。

「面白いな」

「ぞくぞく来るなあ、これ」

二本目の『広島死闘篇』も、一気に続けて観た。

「そうなるやろう。シリーズの中でも、最初の二作は奇跡的な名作やからな」

雫石が深々と頷いた。

「特に二作目の大友勝利は、神やった」


駿河がにやにやしながらそれを持ち出したのは、僕が『広島死闘篇』をＤＶＤデッキから取り出し、『代理戦争』に入れ換えようとしたときだった。

「次を観る前に、これ、やってみようよ」

駿河の掌《てのひら》に載っていたのは、パッキングされた小さな黒い袋だった。封を開けると、中にはオレンジ色の錠剤がいくつか入っていた。

僕は生唾を飲んだ。

「幻覚剤の一種らしいけど、ＬＳＤよりはソフトなんだってさ」

「…………」

僕も三浦も黙っていた。

「びびったのか？」

駿河の口調には、いくぶん嘲弄の気配があった。

にはかなり酔わされていた。
る物語を。アルコールは大してまわっていなかったけれど、登場する男たちの暴力や血
けれど、今の今まで『仁義なき戦い』を観ていたのだ。しかも、カットシが暴れまわ
言い返した僕は、正直言ってびびっていた。
「びびるもんか」

「クリスマス・イヴに、非合法ドラッグ？」

雫石は心底あきれ返った様子だった。

「格好悪《かっこわる》。何でそんな情けないことになってもうたんや」

しょうがないじゃないか。成り行きだ。駿河はあっちに効くらしいって言うし。

「あっち？」

ぎんぎんに効くんだって。そう言われると、好奇心も手伝って、あとに退《ひ》けなくてさ。

「効いてどうする気やったん？　その場におったんは野郎三人やろ？」

……まあ、言われてみれば確かにそれはそうだよね。

「気付くの遅いわ、お前」

でも別に、三人でどうかする気だったわけじゃないよ。

「そら、わからへんな」

雫石は気味悪そうに眉をひそめた。

「その、クスリを買うたいう駿河君があやしいわ。お前か三浦君に気があったんやないんか？」

やめてくれ。

急に秋風が吹きこんで来た気がする。

「効かないなあ」

ややあって、三浦は口を尖《とが》らせた。

「本当に、ぜんぜん変化ないぜ」

僕が頷くと、駿河が首を傾げた。

「初心者だからって、ソフトなものを選びすぎたかな」

「適当なことを言いやがって、うまいこと騙《だま》されただけじゃないのか」

はははは、と、三浦はいきなり弾《はじ》かれたように笑いだした。

「ビタミン剤かなにかを摑《つか》まされたんだ。ははは。そうに決まっている」

「そんな馬鹿な。一袋五千円もしたのに」

「悪徳売人に引っかかったんだろう」

三浦はげらげら笑いつづけた。

「だからおとなしく和牛を買っておけば間違いはなかったんだ。肉屋は客を騙さないからな」

僕の笑いもはじけた。

「わははははは。肉屋だって騙すよ。オーストラリア牛を、松阪牛だと言って、百グラム五千円で売る」

「だははははは。百グラム五千円かよ」

「ぐはははは。そう。百グラム五千円」

「そんなに笑うほど、面白い冗談《ネタ》か、それ？」

いいや、まったく面白くないと思う。

「つまり、めっちゃ効いとったんやな、駿河君のおクスリ」

三浦は、不意にぴたりと笑いを止めて、立ち上がった。

「どうしたんだ？」

六畳の部屋をすたすた横切って、仕切りのガラス戸を引き開け、二畳の台所を突っ切り、入口のドアを開ける。やがてアパートの通路から絶叫が聞こえた。

メリークリスマス。ご近所の方々、メリークリスマス。

「あいつ、おかしいな」

僕が首をひねると同時に、駿河も立ち上がった。そうだろう。アパートの住人として、とんだ近所迷惑行為を働いている三浦を止めに行くのは当然だ。

と思ったら、違った。

駿河は、部屋を出て台所に行き、流し台に頭を突っ込んで、おげえ、と吠《ほ》えだしたのだ。気分が悪くなったものらしい。

一方、通路にいる三浦の叫びは、変わらず続いていた。

「ご近所のみなさん、メリークリスマス。愉しくやってますか。そろそろ一発済んだところですか？」

しかも、だんだん下品な方向にエスカレートしていっている。

「聖なる夜、仲良くやりまくってますか？」

続いて卑猥《ひわい》な単語を機関銃のように乱発した。

「まずいな、これは」

僕は呟いた。ここに至って、異常事態が起きてしまったことを、ようやく悟ったのだった。

「遅《おっそ》」

雫石はあきれ返ったように舌打ちした。

「お前、本当に対応遅すぎやわ」

返す言葉はない。

しかしながらそのとき、僕だけは冷静なつもりだった。

流し台でげろげろきたない音を立てている駿河は、ひとまず抛っておいても構わない。まずは大音声で公然猥褻《わいせつ》をふりまいている三浦をおとなしくさせる方が先である。駿河のこの住まいは単身者向けのアパートだ。同じ屋根の下にも幸福な恋人同士がいるはずだ。せっかくのクリスマス・イヴの夜を身も蓋もない四文字言葉に邪魔されるのは、さぞかし不快なことだろう。腹立ちついでにすぐにでも警察に通報されそうだ。出どころのあやしいクスリを服用してしまった手前、そうなったら我々はひじょうに困る。

そこまで考えて、腰を上げようとしたところで、三浦が静かになったのに気付いた。

「三浦?」

流し台で前のめりになったままの駿河の方は見向きもせずに、ひとりの男がゆっくりと部屋に入って来る。パーマ頭にソフト帽。茶色い革のコートの下には、派手なシャツと腹巻。だぶだぶしたズボンにぶっといベルト。彼は、うつろな眼をしてぐったりとなった三浦の襟首を片腕で引きずりながら、サングラス越しに僕の顔を一瞥《いちべつ》し、にやりと笑った。

「おう」

僕は生唾を飲んでいた。

「このざまは何ない。半端な真似しちょるのう、お前ら」

それは、ついさっきまで、そこにある二十インチのテレビ画面の中でがなり立てていた男だった。


「千葉真一演じる大友勝利のご登場か」

雫石は唸《うな》った。

「ストップモーションになって、こう、びしっとタイトルが出る場面やな」

『大友勝利・のち博徒大友組々長』って？　冗談ごとじゃないよ。

「うらやましいな。カツトシなら、俺かて会うてみたいわ。それからどうした？」

僕もよく覚えていない。

「何でや？」

わからない。カツトシが眼の前に現れてしまった時点で、それまでは保てていた僕の正常な意識は、完全に吹き飛んだのだ。

三浦は失神状態だったから、その夜のことは僕同様、なにも記憶にないという。流し台にしがみついていた駿河が言うには、僕は朝までずっと誰かと会話をしていたらしい。

「カットシとお前が喋《しゃべ》っとったんか」

それとも、カットシが、僕ら半端者に向かって、大いに説教をしていたのかもね。

「で、カットシを見たのは、その夜限りやったんか？」

それきりだった。彼の幻影を見たことなど、今朝まで忘れていた。それが半年以上もたった今日、はっきりと蘇《よみがえ》ったというわけだ。

「もうクスリに手は出しとらんのやろ？」

もちろんだ。いっぺんで懲りた。

「それなのに、幻覚だけが見えるんか。何でやろな？」

まさにそれこそ僕が知りたいことだ。思わず溜息《ためいき》をついた。

「おい」

雫石は、不意に声をひそめた。

「今度クスリをやろう思うたら、俺に言え。安う手配したる」

何だって？

「俺なら駿河君みたいな粗悪品はまわさへん。チンコもビンビンおっ立つやつや。どうや、おい？」

僕は、相談をする相手を間違えたのかもしれない。

四

早朝、金猫座に出勤する前、僕は家に帰った。

いつもと変わらず眠い。そして、胃が重い。前の夜、雫石のアパートに行ってからも、三百五十ミリリットルの缶ビールを四本ほど空けた。カットシの出現を見たがった雫石が、僕を酔わせようと企《たくら》んだのだ。が、僕はほとんど酔わなかったし、彼も出てくる様子はなかった。

「出んか？　ふうん」

午前二時過ぎに就寝する直前、雫石は冗談とも本音ともつかない風に言った。

「お前、しばらくここに泊まっていったらどうや。俺の方は構わんから」

「何で？」

「戻らん方がええ。カットシはお前の家におる」

「まさか、脅かすなよ」

笑おうとしたのに笑えなかった。雫石の言葉が当たっているような気がしたのだ。

「家に帰ったら、また出るで。俺はそう思う」

雫石が自信ありげに断言した。

「根拠は？」

「ない」

そうだろうな。根拠なんかあるはずはないんだ。気にしてもはじまらない。わかっていながら、僕はやはり熟睡できなかった。

午前七時少し前、自宅マンションに到着。そうっと玄関の鍵を開け、なるべく音を立てぬようにしながら、自分の部屋にすべり込んだ。閉めきりの室内のむっとした空気。カットシの姿はなかった。ほっと安堵《あんど》の息をつく。

何日分かの着替えをスポーツバッグに手早く詰め込み、部屋を出る。そのまま玄関に向かったところで、母親に呼び止められた。

「お帰りなさい」

うわあ、気付かれた。できるなら顔を合わせたくなかったんだけど。

「お父さんも起きているのよ。挨拶したら？」

玄関の方を向いたまま、僕はぼそぼそ答えた。

「いや、アルバイトに間に合わないから」

言い終える前に、母親が目敏《めざと》く指摘する。

「その荷物はなに？」

「しばらく雫石の部屋に泊まろうと思って」

「どうして？」

「とにかく、急ぐから」

母親をやり過ごして家を出ようとしたとき、太い声に呼び止められた。

「待ちなさい」

ああ、絶体絶命。親父さんの登場だ。

僕はのろのろと振り向いた。そして思わず声を上げた。

「どひゃあ」


「……なにを妙な声を出しているんだ？」

親父さんが怪訝《けげん》そうに訊《たず》ねた。

「いや」僕はこわばった笑いを浮かべた。「何でもないよ」

親父さんの隣で、カツトシがにやにや笑っている。怖《おそ》ろしいことに、右手に木刀の柄を握って、その先をゆっくりと上下に動かし、左の掌で弾ませるように受けている。

いったいなにをする気なんだよ、カツトシ？　まさか親父さんを殴り倒す気じゃないだろうな。

「お、俺」頬のひきつりを抑えながら言った。「急ぐんだけどな」

「だったら今じゃなくてもいい」

親父さんは目配せをして、物言いたげな母親を奥へと下がらせた。

「一度、お前とじっくり話し合いたい。いつなら都合がいいんだ？」

話し合い？

違う。話し合いなんかじゃない。親父さん流の正論を聞くだけだ。反論なんかできない。そして、反論がない以上は、おれの言うことに従えということになるんだろう？

「話？」僕はとぼけた。「昨夜のことなら、無断外泊してすみませんでした」

「昨日のことだけじゃない。お前の生活全般のことだ」

生活？

どこん。

カットシが木刀を壁に叩《たた》きつけ、吼《ほ》えた。

「生活って何なら」

「大きな声を出すな」

親父さんの声も、つられて大きくなっている。

「お前は、昨日もお母さんに対してひどい口の利き方をしたそうだな。耳が痛いことを言われるとわめき出す。そんな態度があるか。いつまでも子供じゃないんだぞ」

「逆じゃ、こら」

カットシが顎を突き上げた。

「いつまでもあんたの、聞きわけのええボンクラ息子じゃおられんけん、こうしてはっきり言うちょるんじゃ」

親父さんは口を半開きにして、続く言葉を呑《の》んだ。

「わしの生き方のことなら、話はとうに済んどる。ぐだぐだ蒸し返して何になるんの？」

カツトシは親父さんにのしかかるようにして、すぐ耳もとで罵声を浴びせていた。

「いいや、話は済んでいない」

親父さんは胸を反らして僕を見据えた。「正論」を語るときの、いつもの態勢だった。

「親として、現在のお前の生活を見逃してはいられない。将来、映像関係の職業に就きたいなら、それもいい。反対はしない」

嘘《うそ》だ。しっかり反対しているくせに。

「ただ、ポルノ映画館で働くような今の暮らしはいけない。将来に繋がることがなにもないじゃないか」

大丈夫、もうご心配はかけません。金猫座は今月いっぱいで休館するんだ。じきに親父さんの望みどおりになる。

そう言って親父さんを安心させればよかった。しかし僕は口を開かなかった。

「ポルノ映画館のどこが悪いんじゃ？」

親父さんの顔の前で、ワイパーのように木刀を振り振り言葉を発したのは、カツトシだった。

「あんたにポルノ映画のなにがわかる？　親父さん、あんたは、いっぺんでもまともにポルノ映画を観たことがあるんか、よう？」

親父さんは、いくぶん詰まりながらも、言い返した。

「観たことはなくとも、わかることはわかる。お前のような、右も左もまだわからない、若い人間には少なからず毒なものだ」

「真っ裸の女が男とオメコする映像《え》を見せるから毒じゃ、いうんか？」

奥のリビングルームから、ひいい、というソプラノの悲鳴が聞こえた。

「どんな映画でもよ、男と女が出会うということは、結局はそこに繋がるんで、それはあんたが好きな黒澤明のメイサクでも同じじゃない。『七人の侍』で、若侍の木村功は村娘の津島恵子《つしまけいこ》となにしたんか。ポルノはそれをはっきり見せちょるだけで、描いとることは一緒じゃないの。こっちは女優たちが躰《からだ》張って、客が満足するまできっちり見せとるだけじゃ。それこそオメコから尻《ケツ》の穴まで」

リビングルームで、ふたたび悲鳴が上がった。

お母さん、大丈夫だよ。ここは日本だ。見せてはいけない部分にはちゃんとモザイク処理が施してある。

いや、そういう問題じゃないだろうな、たぶん。

「スクリーンからなにを受け取るかは、それぞれじゃろうが」

カットシは平然と話を続けている。

「ひたすら興奮してセンズリかこうが、かつて惚《ほ》れた女の記憶を重ねて涙流そうが、観る人間によって、それぞれに違うんよ。毒じゃいうんは、あんたひとりの決めごとじゃないんの？」

「お前は間違っている。後悔するぞ」

カットシの下品過ぎる弁舌にたじろぎながらも、親父さんは何とか僕を説き伏せようとしていた。

「時間を無駄にするな。将来に向けて準備するべきだ」

「そがな準備が何の役に立つんなら。よう、言うとったるがよ、約束どおりに明日は来んのよ。まずは現在を生きて何ぼじゃないの」

「現在をふらふらやり過ごして、人生の敗残者になってしまってからでは遅いんだ。世間体だってある」

「おう、よう言うたのう。それがあんたの本音じゃろうが」

へっと笑った、次の瞬間、カットシはまた壁に木刀を叩きつけた。

「なにが世間体なら。なにが勝ちでなにが負けか、決めるのはわしじゃい。そんなこともわからんで、偉そうに教壇へ上がっちょったんか、えせ教育者がよう」

親父さんの顔が見る見る青ざめる。僕の顔からも血の気が引いていたと思う。

言っちゃったのね、カツトシ君。

「あんたの眼に見えとる世界はあんたのもんで、わしが欲しい世界とは違う。あんたはあんたで好きなようにやりないや」

「それはできない」

答えつつ、親父さんはほとんど茫然としていた。「親が子供を見棄てられるか」

「見棄ててください」

反射的に、僕は叫んでいた。

「ごめんなさい、お父さん」

親父さんの期待する人間の道を外れてしまって、本当にすみません。

「ほうよ、ええ加減で胆をくくらなならんのう」

カツトシが、高らかに笑った。

「人間《ひと》の道を外れた以上、わしら、しょせんは極道者じゃけん」

玄関をよろけ出ると、駅に向かってまっしぐらに、駆けた。

「今度のオールナイトは『仁義なき戦い』か」

ガラス扉の前で、五十代半ばくらいのおじさんが足を止めている。

「観に来てくださいよ」

受付にいる支配人が声をかける。

「もう何度も観たんだけどな」

「オールナイトで一気に観るのは、格別なものですよ」

支配人の親しげな話しぶりからすると、顔なじみの常連客らしい。僕はホールで煙草を喫いつつ、それとなくおじさんを観察する。白いシャツを腕まくりして、扇子をせわしく動かしている。これまで見たことがあるような、ないような。僕はモギリをしていても、客の顔をほとんど覚えられないのである。

「そうだな。観ようかな。ほかに行くところはないんだしな」

首を振り振り呟きながら、おじさんは『掃除機好きなメイドさん』を上映中の扉の向こうに消えていく。

金猫座に足を運ぶようなお客さんは、みんな映画が本当に好きなんだな。いや、もしかしたら、映画館という空間自体が好きなのかもしれない。

僕は、映画館で浴びるほど映画を観た世代じゃない。映画が娯楽の中心といわれた時代を知らない。名画と呼ばれる多くの映画は、ほとんどテレビの画面で観た。

もっとも、だからこそ、たまに映画館で観る映画は特別だった。映画館の暗がり、そしてなにより、映写窓から発する、あの青白い光。

浪人二年目の春から金猫座でアルバイトをはじめ、支配人からフィルムの扱いと映写方法を教わった。缶に入ったフィルムをほぐさずに包みから取り出す。編集台でプリントをチェックする。何巻にも分かれたフィルムを繋げて映写用に編集する。上映フィルムのピントを合わせる。ひとつの仕事を教わるたびに、必ずどこかでヘマをした。そして、そのたび支配人に小言を食いながら日々を過ごしているうちに、僕はいつしか、この金猫座でいつまでもこうして仕事をしたいと願うようになっていた。

映画館で上映をし続ける、ということへの、オーナーと支配人のゆるぎないこだわり。そして、スクリーンの奥にある、得体のしれない熱に、もっともっと触れていたい。

それは、親父さんには、ぜったい理解されることはない望みだろう。

そもそも、僕が映画に本気で夢中になったきっかけは、親父さんが望んだ黒澤明の名作群ではなく、雫石に勧められるまま、やつの部屋の十四インチの小さなテレビで観た『仁義なき戦い』五部作だった。主人公の広能昌三《ひろのうしょうぞう》を演じた菅原文太《すがわらぶんた》は最高で、坂井《さかい》の鉄《てつ》ちゃん松方弘樹《まつかたひろき》も、若杉寛《わかすぎひろし》の梅宮辰夫《うめみやたつお》も素晴らしく、山中正治《やまなかしょうじ》の北大路欣也《きたおおじきんや》には泣かされた。三作目『代理戦争』から登場する武田明《たけだあきら》の小林旭《こばやしあきら》も格好よかった。雫石のご贔屓は松永弘《まつながひろし》の成田三樹夫《なりたみきお》。子供のくせに異様に渋い趣味である。

そして僕は、カツトシに心底しびれたのだった。

僕ら二人を興奮させたカットシの名台詞は、こうである。

「わしらうまいもん食うてよ、マブイ女《スケ》抱くために生まれて来とるんじゃないの」

これぞ男の生き方やで、と雫石は声を震わせていた。

「うまいもんはともかく、問題は女やな。任せとけ」

「女？」

僕は驚いて訊きかえした。「心当たりがあるのか？」

自信満々、雫石は頷いてみせた。

「おふくろのつれ合いが裏モノのエロＤＶＤをようけ溜《た》めこんどるんや。お前にもまわしたる」

情けないことに、この時点ですでにカットシの生き方から完全に脱落していた。仕方がない。雫石も僕も、喧嘩も弱いし女の子にももてない、いかさない中学生だったのだ。

カットシは、僕とはかけらも似たところのない男だった。

――時間を無駄にするな。現在をふらふらやり過ごして、人生の敗残者になってしまってからでは遅いんだ。

親父さんの言うことは正しい。

中学から高校、浪人中と、いつだって僕は時間を持てあまし、無駄にして来た。きっと僕は間違っている。親父さんが正しい。

たぶん、大川オーナーや支配人が持っているような、映画に寄せる強い熱意は、僕にはないと思う。けれど、僕だって、こうして金猫座に辿《たど》りついた。いつつぶれるかわからない、老い先短いオーナーの生命力頼りの、風前の灯《ともしび》みたいなこの空間で、来る日も来る日も映画を映していたい。

仏頂面の支配人。映写機が二台と編集台がところ狭しと置かれた映写室。便所の芳香剤くさいホール。汚れきって黒ずんだ赤い布張りの椅子が並んだ客席。うらぶれた酔っ払いと、ホモの痴漢。月に一回だけのオールナイト。

どうしてこんなに心を惹《ひ》かれるのかはわからない。でも僕は、ここに来て、はじめて身の置きどころを見つけた気がしたのだ。

どうせ九月の末まで？　わかっている。

けれど僕は、親父さんが望むような意義ある人生はとうてい送れそうにない。送りたいとは思わない。

——ほかに行くところはないんだしな。

さっきのおじさんの言葉が、妙に胸に残っている。そうだ、僕も同じなんだ。

僕みたいな人間が居られる場所なんか、金猫座のほか、この地上のどこにもない気がする。

「金猫座は今月いっぱいでひとまずお休みいたします。またいつかお目にかかれる日まで」

今夜、受付アルバイト募集の上に、ついにそう書かれた紙が貼られた。

五

オールナイト上映の開映は夜十時。

その一時間ほど前から、お客さんが続々と入り出した。僕は映写窓から客席を見ていた。開映三十分前、すでに満席だ。補助のパイプ椅子もぜんぶ出ている。ふだんの閑古鳥とは大違い。これでこそ上映のし甲斐《がい》がある。

毎回毎回、オールナイトはそれなりに客入りがあるけれど、今夜は上映する作品が作品だけに、お客さんたちの熱気がどこか違うようだ。ガラス扉に貼られたあの紙の効果もあるのだろう。もちろん、そうした気分はお客さんだけのものじゃない。開館前から、支配人は床清掃とワックスがけをしていた。黒い床を一心不乱にモップで磨き上げている姿からは、この一夜に懸ける意気込みが十二分に伝わってきた。

「これで最後なんだって？」

じかに訊ねてくるお客さんもいた。

「長めの夏休みを遅れて取るだけですよ。従業員慰労のためです」

従業員といったって、専従者は支配人ひとりしかいないのだが、モギリの雫石はのらりくらりと言いぬけていた。

「なにを訊かれても、ぜったいにこれでおしまいとは言うなと、支配人さんに厳命されたんや」

雫石からそれを聞いて、胸がじんわり熱くなった。実際、支配人だって、金猫座をこのまま閉館にしたくはないのだ。必ず再開したいと思っている。そう考えながら、モップをかけていたに決まっている。

オールナイト上映に向けての編集作業も、いつも以上に力が入った。支配人と二人、泊まり込みで夜通しプリントをチェックし、フィルムを繋ぎ合わせた。

「よっぽど劣化していない限り、コマは切るなよ」

「古い銀紙《ぎんし》が残っていないかどうか、徹底的に確認しろ」

これまでも何度となく言われたことのある注意だったが、支配人はくどいほど念を押した。

「今度のオールナイトは、何のトラブルも起こさず済ませたいよな」

親父さんとやり合ったあの日から、雫石の部屋に泊まり込んでいるせいだろうか、カツトシはしばらく僕の前に現れていなかった。

開映五分前。僕は映写室の電灯を消した。

やがて、スクリーンの上に躍動するカットシを、僕は恍惚《こうこつ》と見守った。

三本目の『代理戦争』の上映中、ロビーに怒鳴り声が響いた。

「水野」

映写室の扉がそっと開けられる。雫石が困り顔で中を覗き込んでいた。

「出て来てくれんか？」

「なにかあった？」

「喧嘩みたいや」

もう午前三時をまわっているせいか、雫石はいささか眼を赤くしている。

「支配人は？」

「場内におる。そやから声をかけにくうてな」

厄介だなあ。このまま抛っておけば、いずれ支配人が気付くだろう。いつもなら迷わず知らぬ顔を決め込むのだが、今夜は事情が違う。大事な夜だ。それに、今しがたカットシの雄姿を眼にしたばかりだし、雫石の手前もある。

「わかった。行くよ」

雫石についてロビーに出ると、ベンチの前で、二人の男が言い争っているのが見えた。

「どうしたんだろう」

「痴漢らしい」

雫石の返事を聞いて、げんなりした。畜生、またかよ。

「あっちのおっさんが、こっちの若い兄ちゃんを触ったとか触らないとか言うとる」

「何だって？」

またか、なんてもんじゃない。つい数日前と、まったく同じ状況だ。僕はベンチの前にいる二人の男を凝視した。

「触ったのはそっちだろう。それなのに言いがかりをつけるのかよ、この変態野郎」

甲高い声を上げている若い男。お客さんの顔をほとんど覚えない僕でもはっきり記憶がある。

あいつ、このあいだもここで揉めていたやつじゃないか。

「私はなにもしていない」

雫石が言う「あっちのおっさん」は僕らに背中を向けたまま、押し殺した声で答えている。

「あんたが躰を妙に押しつけてくるから、やめてくれと言っただけだ」

事情がよく呑み込めぬなりに、胆の底からふつふつ怒りがわいて来た。ひとつわかったぞ。あの触られ野郎が元凶だ。あいつは、この金猫座で、なにかよからぬことを企みやがったんだ。

争いの気配が、場内にようやく伝わったらしい。扉が開き、支配人がロビーに出てきた。

「どうしましたか？」

不審げな声だった。僕が気付いたくらいだ。ごたごたの一方があのときの触られ野郎だということを、支配人も即座に認めたのだろう。

「様子が変やな」雫石が首を傾げた。「どういうことなんや？」

腐れ外道が。休館前のオールナイトという大事なこの夜に、なめた真似をしくさって。

「馬鹿、この」

咽喉もとから罵声がほとばしる。雫石が眼をまるくして僕を見たのがわかった。

「ぶち殺しちゃる、われ」

憎むべき触られ野郎に向かって、僕は走り出していた。

「こんなことになるとは、まさか想像もしていなかったよ」

僕は腰を下ろし、深くうなだれている。

「こっそり様子を見に来ただけのつもりだった。お前には見つからないよう、声をかけずに帰る気でいた」

ええと、僕はあの触られ野郎に摑みかかっていったんだよな。それで、それからなにがあったんだ？

わけがわからない。でも、久しぶりに睡眠をたっぷりとれた感じだけど。

「しかも、まさかあんな場面でお前が飛び出して来るなんて、驚いたよ」

僕が座っているのは、ロビーのベンチだ。そして、誰かが眼の前に立って、僕に語りかけている。

黒い床を踏んでいる、焦茶色のモカシンの革靴。

誰だ？

顔を上げようとして、うっと唸った。背中に鋭い痛みが走ったのだ。

「おれは、お前が喧嘩なんかとてもできない、気弱な子だと思っていた。まったく、親なんて、子供のことを知っているようで知らないものだ」

この声は、まさか、……親父さん？

「いつの間にか、お前は成長して、おれの知らない人間になっていたんだな」

どうしてここに親父さんがいるんだよ。こっそり様子を見に来たって？

「生徒には言えるんだ。誰からも祝福される生き方なんて滅多にない。誰に後ろ指をさされても、自分が信じた道を行けばいい。ほかの誰でもない、自分の人生なのだからと。

何十人もの子たちの背中を押して来た」

事務室の扉が、きい、と軋《きし》みながら開く音。そして、近づいてくる足音。

「ところが、自分の息子には、それを言ってやれなかった。まったく矛盾している。教育者としても、親としても失格だ。お前に詰《なじ》られても当然だった」

僕が言ったんじゃない。カットシだよ。

いいや違う。やはり僕なんだ。僕が言ったんだろうな。

親父さんが言葉を切った。支配人がベンチの横に立ったのだ。

「大丈夫か」

僕はうつむいたまま、頷いた。

「あとの仕事は雫石君と片づけておくから、今日のところはお父さんと一緒に帰るといい」

支配人の言葉に返事をしたのは、親父さんだった。

「お騒がせして申しわけありませんでした」

「念のため、病院へ行かれた方がいいですよ。近くに救急の外来を受け付けている総合病院があります。タクシーの運転手に言えばわかるはずです」

「頭は打っていないようですから、大丈夫だとは思うんですが、いちおう行ってみます。ご心配をおかけしました」

頭を打ったわけじゃない？　そうだろうな。痛いのは背中だもの。

「性質《たち》の悪いやつが巣を張りかけていたものですよ」

支配人がいまいましげに言った。

「誘いをかけて触らせて、金を取る。一種の美人局《つつもたせ》ですね」

ははあ、と思った。やはり、僕は触られ野郎となにかあったのだ。殴られたのか、突き倒されたのか。いずれにせよ前後の記憶が飛ぶほどの衝撃を受け、背中を痛めてしまったに違いない。

「上映中、やたらともぞもぞ動いているから、おかしなやつだと思っていたんです」

親父さんが応じる。

「たまりかねて注意をしたら、外へ出ろと凄《すご》まれて、あの始末です」

「それにしても、オールナイトの夜にまで稼ぎに来るなんて、あきれたものですよ。いつもとは客筋が違う。うまいことカモを釣れないのはわかりきったことなんです」

客席の扉越しに、かすかにエンディングのテーマ曲が聞こえて来た。

「最終の上映が終わりますから、これで失礼します」

支配人の足音が遠ざかる。

「そろそろ行こう。立てるか？」

親父さんが訊いた。頷いて、立ち上がろうとする。痛い。

「痛むか？」

親父さんは、穏やかな声で、僕を力づけた。

「病院へ着くまで、少しのあいだ辛抱しろよ」

うう、とうめき声が出るのをこらえながら、どうにか僕は立ち上がった。

あの触られ野郎にどんな反撃をされたのかはわからないが、まったく間尺に合わない

真似をしちまったもんだ。

昼少し前に、雫石から電話があった。

「具合はどうや？」

何ともないよ。背中の打身だけ。俺、あのおかま美人局に殴られたの？

「覚えてないんか？」

うん。気がついたらベンチに座って、親父さんと喋っていた。

「親父さんにも訊かなんだのか？」

訊くに訊けなかったのだ。

病院へ向かうタクシーの中で、親父さんが言ったのは、ひと言だけだった。

「黒澤明の『わが青春に悔《くい》なし』を観なさい。誰の批判にさらされようと、ひたすら我が道を行く女の話だ。学生時代に観たとき、感動した。父さんは、すっかりそれを忘れ

ていたんだ」

それだけ。病院へ着くまで、親父さんも僕も無言だった。診察を受けて帰るときも、会話はなかった。

「殴られる暇もなかったで。走り出したと思ったら、床に足を滑らせてひっくり返ったんや。ほんで、そのまんま失神した」

僕は黙して羞恥に耐えるしかなかった。

「俺らがお前を介抱しとる隙に、美人局野郎はずらかった」

畜生め。あんたが床にワックスをかけ過ぎたからだよ、支配人。

「俺もお前に訊きたかったんや。昨夜のあれって、カツトシか?」

カツトシ?

「カツトシの幻覚が出て、ああなったんか?」

違う。カツトシは出なかった。あれは僕自身だった。

それを言うと、雫石は落胆したようだった。

「もう出えへんのかな、カツトシ?」

カツトシが最後に放った言葉を、僕は思い出していた。

——ええ加減で肚をくくらなならんのう。人間の道を外れた以上、わしら、しょせんは極道者じゃけん。

親の意向に背くことが、人間の道を外れることならば、紛れもなく僕はその一歩を踏み出したのだ。おそらく、あの言葉を告げるために、彼は存在したのだ。

親父さんに？　いいや、僕自身に。

「ところで、これから時間あるか？」

いや、ちょっと約束があるんだ。さっき、前にアルバイトをしていた女子高生から、一緒にオーナーのお見舞いに行かないかってメールが来た。昨日の今日だから断ろうかとも思ったんだけど、オーナーの病状も気になるから。

「女子高生？　お前、うまいことやってるなあ」

雫石はうらやましそうな声を出していたが、そうでもない。支配人を誘ったんですが、断られました、とも書いてあった。彼女のお目当ては僕ではないらしい。まあ、そのへんは雫石に言う必要はない。せいぜいうらやましがらせておけばいいや。

オーナーは元気かな。元気だといいな。

「金猫座は今月いっぱいでひとまずお休みいたします。またいつかお目にかかれる日まで」

支配人が書いた貼紙の文句を、僕は信じていこうと思う。

おとぎの国に棲《す》む男

「金猫座《きんねこざ》は今月いっぱいでひとまずお休みいたします。またいつかお目にかかれる日まで」

一

那美子《なみこ》さん。

夜明け方、あなたの夢をひさびさに見ました。

内容は、よく覚えていません。なにせ、こうして思い出そうとしても、あなたの顔すらはっきり像を結ばないんですから。

ただ、あまり他人には言えないたぐいの夢であったことは間違いがないようです。眼《め》が覚めたあとも、あなたの躰《からだ》の温かみだけは肌に残っている気がしましたから。俺の場合、異性が登場するときは、たいがいそうした夢なのです。それも、はるか昔に恋人であったあなたならばまだしも、息子の小学校の担任教師とか、受付《モギリ》のおばちゃんとか、行きつけの蕎麦《そば》屋のばあさんとか、どうしたって下心を抱きようもない相手とまで、夢の中では手当たり次第。いかがわしい行為に及ぶのです。さすがはポルノ上映館・金猫座の支配人。見境も慎みもあったものじゃない。

自分があのころに戻っていたのか、それとも現在の姿だったのか。それもはっきりしません。

＊

水曜日の夜、午後九時半をまわったところ。

お疲れさまです、と、口の中で不明瞭に言いながら、映写の水野《みずの》がガラス扉をすり抜けて出ていった。

ほどなく最終上映が終わり、場内の明かりをつけた。最後まで残っていたお客さんたちが、ばらばらと出ていくのを見届けてから、映写室を出て、ロビーを横切り、場内に入る。うっすらと煙草《たばこ》の匂いがした。「場内禁煙」の貼紙をものともせず、誰か、客席で喫《す》ったやつがいるのだ。

見ると、いちばん前列の左端に、客がまだ座っていた。

「お客さん」

声をかけた。が、客は身動きもしない。

「閉館ですよ、お客さん」

ややあって、客は頭を上げた。

「ああ」

のろのろと振り向いた。短く切りそろえられた豊かな白髪が眼を惹《ひ》く。老人だ。七十代の後半か、八十代。

「金猫座は、これでおしまいかい？」

低く、枯れてはいるが、存外やわらかみのある声だった。

「ええ、今日はもう閉館《はね》ます」

「そういう意味じゃない」

立ち上がった老人は、大きな薄茶色いレンズの眼鏡をかけていた。かなり細身で、背も低い。濃いグレーのだぶだぶした長袖Tシャツに、同じ色味、同じだぶだぶのジャージパンツを身につけている。どう見ても室内着だ。格好からすると、ご近所の住人だが、今まで金猫座《ここ》で見かけたことはない顔だった。

「金猫座はなくなっちまうのかい？」

告知の紙を貼ってから、何人ものお客さんから同じことを訊《き》かれた。そのたび、判で押したように同じ返事をしている。

「休業です。内部の改装もありますので」

「とうとう死んだのかい、あいつ?」

「あいつ?」

「オーナーの大川陽明《おおかわはるあき》だよ」

「いいえ」

お元気ですよ、と言いかけて、その言葉を呑《の》みこんだ。夏の盛りに倒れてから、まる一ヵ月。いまだ入院中の身とあっては、とうてい元気とは言いかねる。

「お客さんはオーナーのお知り合いですか?」

「この金猫座《こや》の古くからの客のひとりだよ」

通路を歩き出す老人のすぐ後について歩きながら、内心首を傾《かし》げた。

常連の顔ならたいがい知っている自信はあった。だが、この老人に覚えはない。

「といっても、ビルになる前の金猫座だがな」

つまり、ポルノ映画館になる以前である。それでは見知っているわけがない。建て替えられたのは昭和四十五年だ。

「たぶん、あんたみたいな若いひとは知るまいし、見たこともないだろうね」

「なにをです」

「幽霊さ」

絶句するしかなかった。

「いや、座敷わらしというべきかな」

「はあ」

頬がひくついた。夜の十時近くに聞きたい話題ではなかった。

「だいぶ以前にオーナーから聞いたことはあります」

金猫座のような古い映画館では、怪談があるのも珍しいことではない。大川オーナーによると、かつての映写技師が何度か見かけたことがあるらしい。

「上映中、座席にいるのだという話でしたが」

もっとも、それ以上に詳しいことは聞かなかった。現在、映写技師のアルバイトである水野にも話したことはない。

「それが出たのは、建て替え前のことだ、とオーナーは言っていました」

地下と一階に、合わせて千もの座席があった、金猫座最盛期のときさ。たった四十八席の映画館じゃ、幽霊も座敷わらしも住める場所なんかないんだろうよ。

大川オーナーは寂しげに嘆息していた。だから、これまで特に気にかけたこともなかった。

「それじゃ、ビルになってからは、おかしなことはなにも起こらないんだね？」

老人は振り向いた。なぜか愉《たの》しそうだった。

「不可解なことがまるきり起こらないというわけではありません」

トイレの洗面台に使用済みの注射器が落ちていたり、便器の流し口に使用済みの避妊具が詰め込まれていたり、黒いエナメルの女性用ハンドバッグがベンチにぽつんと置かれていたり、その中から真っ赤なレースのガーターベルトが出て来たり、と、頭を抱えたくなる謎の出来事は少なくない。

「でも、ここで起こるのは、すべては現実世界における不可解ですから」

解決策も容易だ。犯人は変態。さっさと忘れよう。それで万事納得する。無理にでもする。

「しかし、金猫座が現在の姿になって、もう四十年以上も経《た》つんですから、怪談が生まれてもおかしくはないですね」

「そうさ」

老人は咽喉《のど》を鳴らすようにして笑った。

「しかも今や、金猫座存亡の危機だ。なにも起きないということはあるまいよ」

「あのう」

うっかり訊いてしまっていた。

「幽霊か座敷わらしって、どこに出るんですか?」

「大川か、それとも映写に聞いてみるといい。ある決まった座席に座っているんだとさ」

老人は客席の扉の外に出る。俺はそこで立ち止まった。

「決まった座席、ですか？」

「そう。最前列の左端にね」

ロビーを突っ切り、入口のガラス扉を押して出ていく老人を見送ったあと、箒《ほうき》を手にし、床を軽く掃きながら客席を見まわった。そして、座席の下に小さな巾着袋が落ちているのを見つけた。ついさっきまで、あの老人が座っていた席だ。

ようやく符合に気付いて、肌に粟《あわ》が立った。

最前列の左端。幽霊が必ず座っているという座席ではないか。


木曜日午前九時、開映前。

「覚えていますよ、そのお年寄り」

最終上映の老人のことを話題にすると、水野はあっさりそう応じた。

「夕方、俺が受付《モギリ》していたときに入ってきたんです。幽霊なんかじゃないですよ」

「お前、お客さんの顔は見ていないんじゃなかったのか」

つい、不満が声に出る。

ちっとも気がつかなかった。そんなおじいさん、いましたか？

そういった反応を期待していたのだ。水野も巻き込んで、怯《おび》えさせてやりたいという胆《はら》があったのである。

「顔はよく見ませんでした。けど、あのお客さん、全体的にいかにもお年寄りだったじゃありませんか」

全体的にお年寄り。いかにも水野らしい表現だった。

「心配になったんです。上映中に興奮し過ぎてぶっ倒れちゃったら大変だなって思ったんですよ。ずっと以前、そんなお客さんがいたって、オーナーから聞いたことがありましたからね」

「そんな風に考えたんだったら、帰るときはひと言、俺に引き継いで行けよ」

「帰るときには、お年寄りのことをすっかり忘れていたんです」

ああ、そういうやつだよ、お前は。

水野は断言した。

「とにかく幽霊じゃありません。生きたお年寄りですよ」

「すれ違いざま、うちのおばあちゃんの家と同じ匂いもしましたしね」

「……わかっているよ」

前夜、拾い上げた巾着袋の中身はすぐに確認した。煙草とライターである。周囲の床に吸殻も二つ三つ落ちていた。さては、場内で煙草をふかしていたのはあの老人だな、と見当がついた。むろん、禁煙の表示はちゃんとあるし、館内放送もしてはいるのだが、見ざる聞かざるだったのだろう。

煙草を喫っていたのだ。しかも遺留品がある。あやかしの者であるはずはない。あれは現実のお客なのだ。

「ねえ、支配人。一時休業が明けたら、ぜったいに連絡してくださいよ」

こちらの思いにはまるで気付かぬ体で、水野が言った。

「すぐにまたここで働きます。待機していますからね」

休業が決まって以来、水野は毎日みたいにそれを言う。嬉《うれ》しいようでも、いささか重荷でもある。

「前途有望な若者が、いつまでもこんなところで働こうなんて考えるものじゃないよ」

わざとぶっきらぼうに言い返す。

「僕は、金猫座で映写をしていたいんです」

水野の表情はへらへらと締まりがない。が、珍しく本気で言っているのだということは伝わって来た。

「前途有望な若者の群れからは、俺なんかとっくに脱落していますよ」

「ずるずる関わっていると、親からさえ馬鹿息子呼ばわりされるようになっちまうぞ。

俺みたいに」

「俺はもう支配人と同じ人種ですよ」

「俺はお前とは違うよ。昭和の男だ」

水野が嬉しそうに手を叩《たた》いた。「出た出た」

「しかも、昭和べったりの男だ」

生まれた年代だけではない。若いころの自分に、水野のような自覚はなかった。せいぜい格好いいことをしているつもりだった。

「同じですよ」

「違うよ」

「違いませんよ」

「そうじゃないよ」

「いいなあ」

水野はくすくす笑い出した。

「この、小津安二郎《おづやすじろう》映画みたいな無意味なやりとり。支配人と話していると、いつもこうなる。何でですかね」

知るか。

木曜日、午後二時半。

表のショーケースを開け、上映作品のポスターを貼り替えた。

金猫座では、毎週金曜日に上映作品が入れ替わる。とうとう、明日が最後の「初日」ということになった。

「いよいよ、あと一週間か」

背後で声がした。

振り返ると、いつも見かける五十年配のお客さんが立っている。

「行くところがなくなると、困るなあ」

白いワイシャツの襟をくつろがせ、胸もとを扇子ではたいている。まだまだ日なたは汗ばむほどに暑い昼下がりだった。

「しばらくのあいだ、ご迷惑をおかけします」

深々と頭を下げる。

「必ず再開します。それまでの辛抱ですから」

行くところがなくなると困るのは、俺だって同じなんです。

「本当だね？」

お客さんは、童子のように純粋な眼を向けて訊《たず》ねた。

「信じてもいいね？」

真《ま》っ直《す》ぐ眼を見返して、頷《うなず》いた。

「もちろんですよ」

＊

那美子さん。

あんたって、詐欺師になれるわ。相手の眼をしっかり見ながら、いい加減な嘘《うそ》がつけるんだもの。

俺は、もとの妻から、そう言われたことがあります。

息子の口癖は「お父さん、それ本当？」です。二ヵ月か、三ヵ月に一度会うたび、なにかにつけて言われます。ディズニーランドに行こう。サッカーを観《み》に行こう。安請け合いをしては、何度も反故《ほご》にしてきたからです。

彼の母親である、もとの妻に言わせるまでもなく、最悪の父親です。

けれど、詐欺師にだって言いぶんはあるんです。騙《だま》したくて騙したわけじゃない。そのときは可能だと思っているし、実行に移すつもりもある。いつだって、眼の前にいる人間を失望させたくはない。自分の力で、できる限りのことはしたい。そう思っているんです。

結局、あんたは調子がいいだけなのよ。それだけなのよ。

別の女からは、そんな風に言われたこともあります。その通りです。恋人の誕生日より、オールナイト用のフィルム編集を優先する。ディズニーランドへ行く約束は、受付のパートさんが坐骨《ざこつ》神経痛で欠けたことで破る破目になる。俺のような調子がいいだけの男にとっては、常に、眼の前にあることが最優先になってしまう。そして、誰より大事な人間を傷つけ、遠ざける。

いずれにせよ、守れる保証のない約束を、またひとつ今日も重ねました。

たぶん、死んでも、あなたのいる天国へは辿《たど》り着けないでしょう。

二

金曜日。午前八時三十分。

出勤前、大川オーナーの見舞いに行った。むろん面会時間外だ。しかし仕事の都合上、この時間以外は来られないのだと看護師に説明し、許しをもらっておいたのである。

「ゆうべね」

大川オーナーは八人部屋の窓際のベッドに腰をかけていた。孫がお見舞いにくれたという、似合わないペパーミントグリーンのパジャマ姿で、にこにこと上機嫌だった。

「死ぬ夢をみたんだ」

「……誰がですか」

「誰って、僕だよ。ほかに誰がいるんだね？」

返事に困った。

ただの夢ですよ、まだまだ大丈夫です。そらぞらしい気がする。なるほど、予知夢というやつですかね。とは、まさか言えない。

「死んだ僕は、白く光る一本道を歩いていくんだよ。周囲は真っ暗で、なにも見えない」

大川オーナーは、あまり愉しくも思えない話を、いかにも愉しげに語りはじめた。

「そのうち、二本のわかれ道に出る。不思議なことに、わかるんだよ。道の先に誰が待っているのか。そこで僕は悩むわけだ。どっちに行っていいものかわからなくてね」

「誰が待っているんですか？」

「決まっているじゃないか。死んだ女房だよ」

大川オーナーの奥さんは、五年前に亡くなっていた。金猫座経営にはあまり熱心ではなかったので、交流はほとんどなかった。が、いちおうは葬式も出た。

「奥さんと、もうひとりは？」

「前の女房《やつ》さ」

初耳だった。

「亡くなった奥さんとは再婚だったんですか？」

「おや、君には話していなかったかね。もっとも、前の女房と籍は入れていなかった。内縁というやつだ。戸籍上の結婚歴は一回だよ。君と同じだな」

この際、俺のことは関係ないだろ。

「そうだとすると、息子さんは」

「死んだ女房との子供だよ。前の女房とのあいだでは、子宝に恵まれなくてね」

「最初の奥さんも、もう亡くなられているんですか？」

「さあねえ」

大川オーナーは首を傾げた。

「なにせ、四十年以上前に別れたんだ。それきり会っていないからな。どうだろう。けれど、僕より二つ三つ齢上《としうえ》だったし、死んでいてもおかしくはない」

大川オーナーは、ひとり合点に頷いていた。

「うん。たぶん死んだな。間違いない」

おいおい、根拠もないのに勝手に殺すなよ。

「前の奥さんとは、どうして入籍しなかったんですか？」

「親父《おやじ》から猛反対を食らったからさ。無理もないんだ。普通の家庭のお嬢さんだったわけじゃない。もともと西口の特飲街《とくいんがい》にいた女でね」

大川オーナーは、ふと遠い眼になった。

「僕は、あの女に男にされたようなもんでね。照れくさいが、いわゆる青春の一頁《ページ》というやつだよ」

ちっとも照れくさそうには見えなかった。むしろ、気色の悪い自己陶酔の世界に入っている。

「それで、どっちの奥さんが待っている道を選んだんですか、大川さん？」

「前のだよ。なにしろ君、ひさびさにめぐり会うわけだからね」

きっぱり言いきったあと、弁解がましくつけ加える。

「死んだ女房にはすまないが、それが順序じゃないか、君」

そうだろうよ。前の奥さんなら、四十数年前の姿だったろうしな。そりゃ、そっちに行くよな、大川さん。

「ああいう世界にいたわりには、できた女だった。別れ際もきれいなものでね。びた一文要求されなかった」

大川オーナーにとっては、そこが高評価の決め手だろうな。なにしろ、財布の紐《ひも》が固いから。

病室は明るい話し声で満ち、開いた窓からさわやかな空気が流れ込んでいる。話題を変えるため、例の幽霊話を持ち出してみた。

「金猫座の座敷わらしか。これはまた、懐かしい話を聞くものだ」

大川オーナーはまたしても相好を崩した。

「大昔はね、女房なんか、よく見かけたそうだけど」

それは初代の奥さんですか、それとも二代目？

問いかけて、やめた。また青い体験談に戻ってしまったらたまらない。

「女房以外で、見た見たと騒いでいたのは、映写だな」

「やはりそうですか」

あの老人の言っていた通りだ。

「映写窓から見かけるのだそうだ。座席いっぱいのお客さんたち、みんながみんなスクリーンに見入っているのに、なぜかひとりだけ振り返って、こちらをじっと見ている客がいるというんだよ」

水色のカーテンが風をはらんで揺れる。冷気が背に這《は》い上ってきた。

「子供じゃないんですか？　映写窓を見るのが好きな子供もいるでしょう？」

「上映中で客席は暗いからね。顔立ちや服装ははっきりしないらしいけど、大人だそうだよ」

「…………」

「それも、けっこう年配らしい」

水曜の夜の老人の姿が胸に蘇《よみがえ》った。

「そして、いつも決まって最前列にいるんだそうだ。それも」

「左端に」

そうそう、と、大川オーナーが大きく頷く。

「幽霊話が生まれてもおかしくはないんだ。金猫座の中でも、何人か死人が出ているんだから」

「戦争前は、まず僕の祖父だ」

金猫座の初代館主は、客席を見まわっていて、脳溢血《いっけつ》で倒れたのだという。医者を呼びはしたが、すでにこときれていた。

「じいさんは、映画館《こや》にいるのがなによりも好きだったそうだから、当人としては本望だったろうね」

昭和二十年代の終わりごろ、一階ロビーで愚連隊の若者同士の派手な喧嘩《けんか》があって、軍用ナイフを振りまわしての大立ちまわりとなった挙句、一方は頬と胸に傷を受け、一方は腹を刺された。そしてその後、腹を刺された方が死んだ。昭和三十年代には、地下のトイレで首つり自殺を図った中年男がいた。昭和四十年代半ば、映画界も斜陽になったところ、お色気を売りにした映画をかけた際には老人が卒倒、救急車で病院へ搬送中にお陀仏《だぶつ》となった。

こうして聞いてみると、金猫座で亡くなったひとはけっこういるのである。

「大勢のお客さんを相手にした商売だからね。それに元来、金猫座界隈《かいわい》は治安のいい土地柄とはいえなかったから」

我ながら迂闊《うかつ》だった。お色気映画で昇天した老人の話以外は知らなかった。

「でも、二代目を継いだ僕の親父なんかはね、悪い卦《け》じゃあるまい、座敷わらしみたいな存在だろうと言っていた。親父の存命中は大入りが続いていたからね。化け物が出ても、強気で構えていられたんだ」

化け物でも何でも、棲みついてくれているうちが華だということか。

「ビルになってからは、そんな話は完全になくなったよ」

いや、自分たちが気付いていなかっただけで、ひょっとしたら、今でもいるんじゃなかろうか。

しばしの沈黙ののち、大川オーナーはぽつりと言った。

「明日、退院することになったよ」

「おめでとうございます」

大川オーナーは、あまりめでたくもなさそうな顔つきだった。

「しばらくは自宅で安静に予後を養う。体のいい軟禁だ。嫁がうるさくてね。君には、迷惑をかけてしまうな」

ええ、そうです。その通りです。

力づよく同意しかけた。が、ここは大人の対応である。

「いいえ、そんなことはありません。ゆっくり静養なさってください」

「半年か、一年か、将来は見えない。しかし、必ず金猫座は再開させるつもりだ。しばらく辛抱してくれたまえ」

はい。その間ずっと給料を出していただけるのならば、喜んで辛抱しますよ。

しかし、大川オーナーが約束してくれたのは、きっちり給料三ヵ月分である。もとが安月給だから、大した額ではない。見えない未来を待つあいだの食い扶持《ぶち》は、なけなしの伝手《つて》を頼らざるを得なかった。

「とんだ悪女だよ、金猫座は。関わった人間に苦労ばかりさせる」

大川オーナーは、しみじみと頭を振る。

「金猫座を建てた僕のじいさんは、もともと旅まわりの役者でね。初期の活動写真にも、何作か出演したことがあったらしい。そんな関係で興行界に足を踏み入れたんだ。ようやっと映画館を手に入れたのが、大正十一年。小さいながらも西洋式で、フランク・ロイド・ライトが設計したようなモダンな造りだったそうだ」

「コンクリート建築だったんですか？」

「いいや、木造だ。うまく色を塗ってコンクリートっぽく仕上げていたんだよ。芝居の書き割りみたいにね。死んだばあさんが言っていた。じいさんは洒落《しやれ》ものだったけど、その実は見栄坊《みえぼう》なだけなんだってね。資金も心細かったらしい」

　大川オーナーは溜息《ためいき》をついた。

「ところが、翌年に関東大震災だ。どうにかこうにか揺れには耐えたが、そのあとの火災には打つ手がなくてね。初代金猫座は、一夜にして灰になった。なにせ、アメリカ式最新建築だって触れ込みだったから、ずいぶん体裁が悪かったらしい。あれえ、木造じゃないか、いんちきコンクリート鉄筋建築だったんだなって、ご近所さんみんなにあきれられて」

「初代金猫座も、現在の場所に建てたんですか？」

「神田の外れだそうだよ。ところが震災後、復興の区画整理に引っかかった。上野まで大通りを造るから、このあたり一帯は買い上げになる。同じ土地には再建できないと政府《おかみ》から通達されてしまった。それで、現在地へ移って来て、二代目金猫座を建てた。今度は見栄を張らず、昔式の芝居小屋風にした。それが大正の末年だ」

「そのころ、金猫座の近辺は、かなり場末だったんじゃありませんか？」

「場末というより田舎だった。駅から降りる客もまばらだし、駅前をちょっと離れると、蘆《あし》ばかり茂った湿地帯で、人家すら稀《まれ》。なにしろ、木戸口からたぬきがゆうゆうと入ってきたことがあるそうだ。客はちっとも入らなくて、来る日も来る日も閑古鳥だったそうだよ」

さもありなん。歩いている人間よりたぬきの態度がでかい土地とは、目も当てられない。

「苦節十年。経営状態が上向いたのは、映画がそれまでのサイレントからトーキーに変わったお蔭《かげ》だった。もちろん、それなりの設備は備えなくちゃならなかったけれど、人件費を食う弁士や楽隊を抱えなくて済むようになったし、なにより物珍しさからか、ようやく客足が伸び出した。じいさんがひっくり返ったのは、内田吐夢《うちだとむ》監督の『人生劇場』をかけているときでね。金猫座初の大入りが出た日だったというよ。嬉しさのあまり頭に血が上っちゃったんだな。まだ五十代で、当時としてもまだまだ死ぬには早かったんだがね」

「そのあとを、大川さんのお父さんが継いだわけですか」

「そう。僕が物心ついたころは、なかなかの羽振りだった。親父のやつ、外に女を作ったりして、おふくろと派手に喧嘩をしていたよ」

「やっと経営が安定したわけですね」

「しない」

大川オーナーは、言下に否定した。

「お次は戦争だよ。日中戦争から太平洋戦争。アメリカから輸入ができなくなったから、フィルムの規制がはじまって、国産映画の製作本数は激減するわ、外国映画はドイツとイタリア以外からは輸入できなくなるわ」

その続きは、周知の昭和史である。つらい展開が、たやすく予想できた。

「挙句の果ては、空襲ですか」

「そういうことだ。戦争末期、僕は埼玉の所沢《ところざわ》に学童疎開をしていたんだけど、二代目金猫座が焼夷弾《しょういだん》爆撃で丸焼けになった報《しら》せはそこで聞いた。またしても裸一貫でやり直しをする破目になったわけだ」

大川一族も、金猫座も、激動の近代日本を生きて来たのだ。

「三代目金猫座は、敗戦の翌年に建てた。粗末な造りだったけれど、僕にはとても思い出深いね。いよいよ戦後がはじまったと思って、子供心にも嬉しかったものだ。駅前からこっちも、ようやく盛り場として発展して来たしね。もっとも駅の東側、金猫座の付近はまだまだ鄙《ひな》びていた。お客さんも、近くの農村から出てくるひとたちばかりでね。一方、西口は闇マーケットと闇酒場の天国で、与太者とパンパンが真昼間からうろうろ。まるで別世界という雰囲気だったよ。そうするうち、空前の映画黄金期が訪れたわけだ」

その後は、大川オーナーがことあるごとに口にしている、金猫座栄光の時代だ。昭和二十八年、四代目金猫座が誕生した。地上三階建て、一階の邦画封切館が五百五十席、ニュース映画館が二百三十席、地下の洋画専門館は四百四十四席である。

「念願の鉄筋コンクリート造りだ。落成当時は、くすんだ猥雑《わいざつ》な街の中で、そこだけぱっとにぎやかに明るくてね。まるでおとぎの国みたいな存在だったと、女房は言っていた」

あえて質問はしなかった。たぶん前の奥さんの方だろう。

「そして親父はまたぞろ女遊びをはじめた」

「よかったですね」

本心から声が漏れた。

「大川さんのお父さん、本当によかった」

「親父はね。報われたから幸福だったよ」

大川オーナーが苦々しく言う。

「僕の代が来てからが、また悲惨だった」

そうだろう。昭和三十年代の後半は完全にテレビの時代だ。一方で、映画界は徐々に衰退していった。

「それでも、東京オリンピックまではまだよかったんだ。あの年の秋は、ほかの映画館はがらがらだったのに、金猫座だけは入りに入った。『座頭市』と『眠狂四郎』の二本立てが当たったんだよ」

「勝新太郎《かつしんたろう》と市川雷蔵《いちかわらいぞう》のカツライスですか。なるほど」

「しかし、はかない栄光だった。そのあとはじり貧だ。どうにもやって行けなくなって、映画館を雑居ビルに建てなおすと決めて間もなく、うちが専属でつき合っていた大映《だいえい》さんも倒産した」

そして、五代目金猫座は現在、先の見えない休息に就こうとしている。

「まったくご難続きでしたね」

だが、金猫座に限ったことではない。それが、多かれ少なかれ、我が国の映画館が辿ってきた歴史なのである。

「けれど、僕は、金猫座みたいな金食い虫の年増《としま》女にいつまでも執着している」

大川オーナーは自嘲気味に言った。

「我ながら馬鹿な男だと思うよ、本当に」

「そこが大川さんのいいところなんですよ」

慰めながら、胆でそっと呟《つぶや》いた。

理屈に合わないその深情けがなかったら、まったく取り得のない、ただのどケチじじいじゃないですか。

三

金曜日、午後一時二十分。『淫乱オークション・何でも飲む女』上映中。

観客はたった五人。休館になるからといって、にわかに客足が伸びたりはしない。そのあたり、いかにも名画座ならぬ我らが金猫座らしい。そのお蔭で、水野と二人でも、ゆうゆう仕事がこなせる。

というのは、むろん負け惜しみである。本音では、水野のやつが、もう少し気のまわる性質だったらよかったのにと思っている。

なにせ、現在の状況においても、朝はぎりぎりの時間に出勤して来るし、映写室以外の掃除は手伝おうとしないし、こちらが指示しない限りは受付もしない。夜は最終上映のフィルムをかけると同時にさっさと帰ってしまうという仕事ぶり。本人は常々「僕にできることなら何でも協力しますよ」などと胸を張っているのだが、本気でそう考えているのなら、いちいちこうしろと言われる前に動いてほしいものだよな。

それでも、以前よりはましになった方だ。とくに休館が決まったこの夏からは、お客さんへの応対もずいぶん愛想よくなったし、映写だけは安心して任せられるようになったのだから。

ロビーのベンチに腰を下ろし、一服する。ポケットから携帯電話を取り出してみると、メールが二通届いていた。

一通は、息子の裕也《ゆうや》からだった。そしてもう一通。

「支配人さん」

声をかけられて、眼を上げると、ワイシャツと扇子のおじさんがにこにこと立っている。

「上映中の映画《シャシン》だがね。ピントがちょっとばかし甘いようだよ」

「はい。すみません」

煙草をもみ消し、ベンチから飛び上がる。やれやれだ。たった今、映写だけは安心して任せられると思ったばかりなのに。

扉を開けて客席にすべり込み、スクリーンを見つめる。なるほど、確かに少しピントが合っていない。急いで客席を出て、映写室の水野に注意をした。

「あれえ、そうですか？」

水野は首を傾げながら、もごもごと弁解した。

「おかしいなあ。ちゃんと確かめたつもりだったんですけど」

言いたいことは多々あったものの、とりあえずひと言。

「気をつけてくれよ」

最後の週なんだからな、という言葉は、胸のうちに収めた。

客席に戻り、最後列から場内を見まわす。椅子の背の上に覗《のぞ》いたいくつかの黒い頭は、どれも石のように動かない。

スクリーン上は、「何でも飲む女」に扮《ふん》した若い女優が、白いブラウスのいちばん上のボタンを、今にも外そうかという場面。しばらく画面を確かめてから、映写窓の向こうにいる水野に合図を送った。

ピントはOK。映写機はもういい。しばらくのあいだ、受付の方を見ていてくれ。

最後列の座席に腰を下ろし、硬い椅子に凭《もた》れかかった。

＊

那美子さん。

メールの一通は、あなたの娘から届いたものでした。

あなたの娘は、夏休みにここへ潜り込んだあと、こうしてちょくちょく連絡をよこすようになっているのです。

いったいどういうつもりなのか。正直いって戸惑っています。

「どうって、慕われているんですよ。うらやましいなあ。うひゅひゅう」

水野は不気味な笑い声を上げていました。けれど、それを受け止める気持ちのゆとりが今の俺にはないのです。

金猫座は休館になる。どこかの映画館に働き口はないものか、あちこち声はかけてあるものの、心細いかぎりの身の上です。

昔、あなたと名画座で観た古いアメリカ映画の『ラスト・ショー』にもありましたね。寂れた小さな町の映画館。週末には若い恋人たちのデートの場所になっていたけれど、若者の多くはより享楽的になり、より広い世界へと漕《こ》ぎ出していく。映画館はその役目を失い、ひっそり閉館していく。モノクロームで美しい映像の、俺にとってはひじょうに慕わしい映画でした。あなたは途中で寝てしまっていましたけどね。

物語が地味すぎて辛気くさい。肌に合わない。と、あとでぶうぶう文句を言っていましたっけ。

当時は、あんな終わったような町で、終わったような映画館を経営することに憧れたものです。今となってみれば、若かった自分の甘い感傷を笑い飛ばすことしかできません。映画に出てきたあの町で、誰もが映画館を必要としなくなったように、金猫座も誰からも必要とはされていない場所なのです。必要としているのは、客じゃない。大川オーナーであり、支配人の俺であり、映写の水野。我々だけなのです。

いや、さっきピントについて注意してくれたお客さんにとっても必要でしょうか。それから、たまに騒ぎを起こしてくれる痴漢の面々。

とにかく俺が置かれているのは、そういう地味で辛気くさい現状のただ中なのです。共通の話題を見つけることさえ難しそうな若い女の子と、無理をしてまで関わりたくはないのです。ポルノ映画館の支配人、女子高生相手にわいせつ行為、なんて、おあつらえ向きにできすぎていますし。

冗談で誤魔化している？　そうかもしれませんね。

大川オーナーほど豊富とはいえませんが、女性との関わりにおける手痛い経験も、自分としては多すぎるほどに積みました。若いころは考える間もなく突進していたことに、いつからかブレーキをかけるようになっています。

息子から届いたメールも、あなたの娘と同じ用件です。次はいつ会えるのか。

本当のところ、合わせる顔もない。もう一年以上も養育費は滞っているし、もとの女房に借りたままの金もある。

そう、気持ちだけじゃないんです。こうしたことは、年齢とともに、金の問題も大きくなるのです。

もし、俺が羽振りのいい映画館の支配人であったなら、女子高生と淫行できる絶好の機会とばかりに、いそいそ返信を打つのかもしれません。

おわかりでしょう。つまり、恋愛遊戯には消極的でも、助平心はしっかりあるわけです。

あなたの娘は、勘違いをしているのではないでしょうか。滝沢《たきざわ》支配人は寛大な大人だから、自分のわがままを受け止めてくれる、と。

とんでもないことです。あなたの娘と、あなたの死について話をしているときだって、不純な妄想が皆無ではありませんでした。頭の中であなたの娘に「何でも飲む女」を演じさせてしまったことさえあるのです。その疾《やま》しさから、行きすぎにも思える彼女の行動を大目にみてしまったのかもしれません。それが彼女になにかを期待させたのだとしたら、大きな間違いです。

あなたの娘は、これ以上、こんな不潔な中年男と関わるべきではありません。

いずれにせよ、ここはやはり、返信をするべきではないでしょうね。

＊

街の夜景を映し出したロングショットと盛り上がる音楽。そろそろ上映が終わる。

立ち上がって客席を出ると、水野と受付を交替した。

「お客さん、けっこう入りました」

「そうか」確かに、客席の扉が何度も開閉していた。「何人くらいだ?」

「忘れました」

水野の性格にはだいぶ慣れたが、それでもたまに張り倒したくなる瞬間はある。が、まさかそうもできない。つい先夜、挨拶を交わした、高校の先生だという真面目そうな親御さんの気持ちを考えれば、なおさらである。

「気を抜くなよ」

ひと言に万感の思いを込めた。むろん、こちらのそんな思いが伝わるわけもなく、水野は、ふあい、といかにも気の抜けた返事をよこして映写室へと消えていく。

やれやれ、と息をつき、扉のガラス越しに外を見る。ショーケースの前に客が立っている。

はっとした。

あの老人だ。

考える間もなく受付を出、ガラス扉を開いていた。

「お客さん」

声をかけると、老人はゆっくりとこちらを向いた。

「今日から新しい番組なんだね」

老人はポスターに視線を戻した。ベージュのスウェット上下。今日のいでたちも寝巻のようだ。足もとはサンダル履き。影が路上に黒々と落ちている。

紛れもなく、生きている人間だ。幽霊なんかじゃない。

「『いんらん、おーくしょん、なんでものむおんな』」

大きな眼鏡の奥で、老人は眼を細め、朗々と読み上げた。

「なにを飲むの？」

「はあ」

それはちょっと、ひと口では説明しにくいところである。

「観てのお愉しみ、ということだね。なるほどなるほど。あんたも商売上手だ」

老人は勝手に得心していた。

「併映作品はこれか。『せいかん、まっさーじし、したたるゆびさき』」

「………」

「『よめのねごと、おとうさん、おっとにないしょでもえたいの』」

いたたまれなくて、つい下を向く。脚本演出ともに切れ味よく、全篇《ぜんぺん》笑いに満ち、ポルノとしての見せ場も濃厚な快作です。そう薦めたくなる作品ではあるのだが、願わくば題名は黙読してほしい。

「きれいな女優さんたちが大活躍のおとぎ話だね」

「おとぎ話?」

問いかえしたのが耳に入らなかったらしい。老人は話を変えた。

「昔、金猫座《ここ》の地下は洋画専門館だったんだよ。知っているかい。金猫座地下劇場」

大川オーナーご自慢の、四百四十四席の大劇場のことだ。

「あたしは日本映画より、だんぜん洋画贔屓《びいき》だった。けれど、男と女が好いたの腫れたのの大ロマンスや、お涙ちょうだい式メロドラマは観る気がしなかった。デズニイの漫画映画とか、ミュージカルばかりを選んで観ていた。地下劇場ではよくデズニイやミュージカルをかけていたんだよ」

デズニイ。小さなイではなく大文字のイ。大川オーナーも同じ言い方をする。それから、アニメーションと言わず、漫画映画と言うところも共通している。

「カラーになったばかりの時代だったから、どれも華やかできれいだった。マーロン・ブランドが歌って踊る映画は何度も観たな。何ていう題名だっただろう?」

「『野郎どもと女たち』じゃありませんか」

「違う」

老人はきっぱりと否定した。

「フランク・シナトラが共演じゃなかったですか?」

「そうだ」

「博奕打《ばくち》ちの男が、救世軍の女の子と仲良くなる話でしょう？」

「そう」

「地下の博奕場で歌ったあと、サイコロをさっと投げる場面がある」

「そうだったよ。あんた、さすがによく知っているね」

「だったらやはり『野郎どもと女たち』ですよ」

「違う」

何なんだ、このゆるぎない、しかも完全に間違った確信は。だいたい、マーロン・ブランドが歌いながらサイコロを投げるような、調子のいい役を演じている映画なんて『野郎どもと女たち』以外にあるわけないだろ。

しかし、重ねて訂正はしなかった。この老人の思い込みを正したところで、誰も得はしない。

「あたしにとって、ここはおとぎの国だった。休みの日には決まってここに逃げ込んで来たものさ。この中にいるあいだは、子供に還《かえ》ったような気持ちになれた」

大川オーナーもそう言っていた。いや、前の奥さんだったかな。

ふと、落とし物のことを思い出した。

「お客さん、ちょっと待っていてください」

言い残して、事務室に戻る。

ロッカーの中から巾着袋を取り出して、ショーケースの前に帰って来ると、老人はいなくなっていた。

「お客さん？」

路地の左右を見まわしても、老人の姿はない。

「待っていてくれ、と言ったのに」

舌打ちが漏れる。それにしても、奥に入ったのはほんの数十秒間なのに、やけに素早く身を隠したものだ。あれほどの老人が。

真昼間である。お化けと話したわけじゃないことは確かなのに、にわかに肌が粟立った。

ビルの隙間に差しこむ日差しが少し翳《かげ》ってきた。

四

土曜日、開映前。

大川オーナーが、Tデパートの大きな紙袋を提げて、ひさびさに金猫座のロビーに姿を現した。

「退院したんですね。おめでとうございます」

「ありがとう。君には本当に苦労をかけたね」

今朝まで病院のベッドで寝ていたとは思えない、つやつやした血色のいい頬をゆるめると、大川オーナーは紙袋を少し持ち上げてみせた。

「何ですか？」

窓口にいたはずの水野が横から首を突き出す。

「壁に飾ってくれないか」

受け取った紙袋は、見た目よりずっしり重かった。袋の口から覗いてみると、いくつかの額縁が入っている。

「写真ですか？」

「休み前に、金猫座の歴史を展示してほしいと思ったんだ。昨日、君といろいろ話したあとで思いついた」

紙袋の中から額縁を一枚抜き出してみた。額の中にあるのは、黄ばんだ白黒写真である。

「戦後まもなく建てた三代目金猫座だよ。亡くなった親父とおふくろ、当時の従業員たちが、映画館《こや》の前に勢ぞろいして撮ったんだ」

「端っこに小生意気そうな坊主頭の子供《ガキ》がいますね」

水野が薄笑いしながら指を差した。

「この時代は、こんなチビまで働かせてもよかったんですか」

「その子供は従業員じゃない」大川オーナーが苦々しく言った。「僕だよ」

「古い写真ですねえ」

失言を取り繕うためか、水野が感心したように声を張りあげる。「明治時代ですか」

「昭和だ」

低い声でたしなめる。戦後だ、とたった今説明されたばかりなのに、まるで聞いていなかったらしい。第一、大川オーナーが写っているのに、明治時代なわけあるか。

「初代金猫座からの集合写真がみんな揃《そろ》っているんだ」

大川オーナーが説明すると、水野は、うひゃあ、と眼を輝かせた。

「すごいなあ。最初の写真、大正十一年ですって。貴重な風俗資料じゃないですか」

いや、そこまで言うほどの価値はあるまい。

しかし、水野のわざとらしい追従《ついしょう》でも悪い気はしないらしい。大川オーナーは円満な笑顔に戻っていた。

「各写真の下に撮影年代は書いておいたから、順番に並べてくれるかい」

はい、と頷いてみせる。

「どのへんに飾りましょうか」

「お客さんがゆっくり見られるように、奥の壁あたりがいいだろうね」

水野がまた口を挟んだ。

「トイレの前の壁ですね」

どうしてよけいなひと言を言うんだ、こいつは。

すぐに帰らないと嫁がうるさいんだ、と言い残し、大川オーナーが去ったあと、写真の飾りつけは紙袋ごと水野に押しつけた。

「昭和八年の金猫座、木造だよ。明治村みたいだ。すげえなあ。このおばさん、和服を着ている。正月だったんですかね」

壁に穴を開けてビスを打ちこみ、大判の額縁五枚を吊《つ》り下げる作業をしながら、水野はしきりに歓声を上げていた。

「昭和三十二年。ようやくコンクリート建築だけど、平たいなあ。豆腐みたい」

「金猫座で働いていた女って、出っ歯が多いですね。いけるのはひとりだけ。サザエさんみたいな髪型をしてるけど、このひとはけっこう美人ですよ、支配人。あとは全員ブスばっか」

「で、おじさんはみんなえらが張っている」

余分な仕事を面倒がるかと思いきや、案外愉しんでいるようだ。しかし、少々うるさい。

「ねえ、支配人」

「何だよ」

「さっき、オーナーが紙袋を持っていたのを見て、てっきり差し入れじゃないかと見当をつけたんですけどね」

なるほど、それですぐさまあの場に顔を出したのか。さもしいやつだ。

「僕もこの前、お見舞いに行ったばかりだし、お返しのお菓子でもくれるのかと思いましたよ」

「甘いんだよ。そんな常識的な返礼、あの大川さんがするはずないじゃないか」

「そうですね」

事務室に入り、机の上を見ると、携帯電話が着信ありの点滅をしていた。発信者は息子だった。正確に言えば、もとの妻の携帯電話なのだが、メールでも電話でも、彼女が連絡をよこすことはまずない。そういえば今日は土曜日で、学校は休みなのだ。まだ昨日もらったメールの返信をしていなかったことを思い出す。

手が空いたら、連絡をしよう。ひとまず開館だ。

せかせかと事務室を出ると、扉の脇で工具箱を手にした水野がぼんやりと突っ立っていた。

「支配人」

「何だ、飾りつけは終わったのか」

水野はいつものへらへら笑いをしながら頷いた。

「完璧です」

「そうか。そろそろ映写の方に戻れ」

「来週の木曜日は、閉館《はね》てから、なにか予定はあるんですか」

木曜日、先の見えない休館前夜だ。

「別にないよ」

「飲みませんか」

次の金曜日の朝から、水野にはもう出勤の必要はない。が、支配人としてはそうはいかない。開場はしない金猫座へ来て、しなければならない雑用がいろいろと残っている。木曜の夜に深酒をし過ぎると、二日酔いからの回復が年々遅くなってきている我が身にこたえる。

とは知りつつも、返事は決まっている。

「いいけどな。たぶん悪酔いして、ねちこく絡むぞ」

「構いませんよ。僕も酔いすぎて別人格になる予定ですから」

笑い飛ばそうとしたが、笑えなかった。

水野の場合、冗談には聞こえないから困る。

土曜日。午前九時五十分。開映。

わずかな客の流れが絶えたのを見計らって、窓口から電話をかける。

「もしもし?」

うさんくさげに電話に出たのは、もとの妻だった。誰からかかってきたのかは明白なのに、いつもこんな声を出す。いや、誰からの電話かはっきりしているから、あえて迷惑そうな声を出しているのか。

「裕也はいるか。替わってくれ」

電話口は無言のまま、息子の声に替わった。

「お父さん?」

「メールをありがとう。返事が遅れてごめん」

ガラス扉越しに照りつける日差しがきつい。まったく、いつまでこんな夏みたいな陽気が続くのだろう。

「先月はせっかく夏休みだったのに、どこへも連れていけなくてごめんな」

電話口の向こうの息子は、ううん、と曖昧な声を漏らした。

「今月も、ゆっくり会う時間が取れなくて悪かった。いろいろと立て込んでしまって」

謝ってばかりだな、俺は。謝ってばかりの父親なんて、こいつにとってはたまらないだろうな。

「十月になったら、時間ができるよ」

快活そうな声を無理に上げた。

「仕事がね、ちょっと暇になるから」

「お仕事、暇になるの。どうして?」

ぐっと詰まった。息子よ。そこに食いつくか。

「お父さん」

息子の声が、いくぶん困惑気味になる。

「お母さんが、電話を替われって言っているんだけど」

「替わらないでくれ」

慌てて言ったが、遅かった。電話口の向こうは、押し殺した女の声に替わった。

「なにがあったの。まさか、馘首《くび》になったの?」

詰問だった。やさしさや配慮はかけらもない。もとの妻の立場からすれば、当然かもしれないが。

「休館になるんだ。けど、心配は要らない」

相手がなにかを言う前に、口早に言いたてる。聞いてもらえようがもらえまいが、そうするに限る。

「そのあいだの働き口もどうやら決まりそうだ。間のいいことに、映写ができる人材を探している映画館があったんだ。だいぶ遠方だけどね」

場所は北海道。しかも十一月から三月という期間限定つきである。が、そこまで話す必要はあるまい。

「この前借りた金のこと、すぐには返せないけど。忘れているわけじゃないから」

「そのことはいいの」

ぴしゃりと遮られる。

「いいえ、本音を言えばよくはないけど。あなたって、どうあっても、映画館から離れる気はないのね」

深々と溜息をつかれた。

「どうしてなの？」

あなたって、どうしてそうなの？

その話は、以前もした。数えきれないくらいに。だから返事はしなかった。

「もう一度、裕也に替わってくれないか」

裕也、と名を呼ぶ声がした。

しかし、ややあって電話口から聞こえたのは、息子の声ではなかった。

「話すことはないから、替わらなくてもいいそうよ。会える日の予定がちゃんと立ったら、改めて連絡してくれって」

「……わかった」

ぷつん。通話は切れた。

薄暗いロビーの奥で、扇子を片手に、いつものおじさんが写真を眺めている。よれよれのワイシャツの背中が、やけに白く浮き上がって見えた。


土曜日。午後九時十分、最終上映中。

水野はさっさと帰った。客の数は二十人ほど。座席が半分近く埋まっている。金猫座にしては盛況である。

うへんうへんと、乾いた咳《せき》が、ロビーに響きわたった。

事務室を出ると、見覚えのあるスウェット姿が眼に飛び込んできた。あの老人が、壁に飾った写真を見ていたのだ。咳をしながら凝視している。好奇心や懐かしさにしては強すぎる。射るような眼差《まなざ》しだった。

「お客さん、大丈夫ですか」

ひょっとしたら、このひとは金猫座にゆかりがある人間なのじゃないか、と、はじめて思い当たった。

「空気が悪いね、ここは」

写真から眼を離さずに、老人は苦しげな声を返した。「咽喉に来るよ」

ならば煙草をやめた方がいいのではなかろうか。それで、もうひとつ思い出した。

「お客さんの忘れ物がありますよ。昨日もお渡ししようとしたんですが、お帰りになったでしょう」

「路地の向こうに、ちょうど知っている人間が見えたもので、きまりが悪くてね」

「お客さん、あなたは金猫座に関わりのあるひとなんでしょう?」

老人はようやく写真に向けていた視線をこちらに向けた。

「そう思うかい?」

「昔のことを、大川さんなみに詳しくご存じですからね。座敷わらしとか、幽霊とか。はじめ、俺はあなたが幽霊なのかと考えてしまったくらいでした」

「あんたは間違っていないよ。あたしはもう、亡霊みたいなものだからね」

ほんの少しためらってから、老人はすっと腕を上げ、今しがたまで見ていた写真を指差した。

「ここに、あたしがいる」

「え?」

水野に任せきりで、今までこれらの写真をじっくりと見てはいない。老人が指したのは「昭和三十二年・四代目金猫座」のモノクローム写真だった。栄光のコンクリート三階建て建築である。

そして、老人の細く枯れた指の先には、ひとりの若い女性の姿があった。

「あたしは、大川のもとの女房なんだよ」

「にょ？」

唖然《あぜん》とした。

小さく細い躰。大きな眼鏡に白く短い髪。しわがれた声。このひ、と、女、だ、っ、た、の、か。

「金猫座を閉めるって話を聞いたものでね。居てもたってもいられなくなって、こうして来ちゃったのさ。女ひとりでのこのこ入るのには、だいぶ勇気が必要だったけどね」

問題はないですよ。あなたはとっくに性を超越しています。

「未練があるようで体裁が悪いから、大川には黙っていておくれよ」

老人はいくぶん気恥ずかしげだった。

「あいつには何の思い入れもないんだよ。ただ、金猫座は懐かしくてね」

「お住まいは、この近くなんですか？」

「そうだよ。ずっと埼玉の方で商売をしていたんだけど、この年齢だからね。最後にいちばん懐かしい街に住みたいと思って、四年ほど前に舞い戻ったんだ。さいわい、中古のマンションが手に入ったものだからね」

たぬきが跋扈《ばっこ》していた戦前ならいざ知らず、戦後の復興と高度成長を経て発展し、今ではオフィスビルが林立するこの街のマンションは、安い金額では買えない。老人の年齢ではローンも組めまいから、即金で買ったということか。何の商売かはしらないが、成功したのは間違いなさそうだ。少なくとも大川オーナーよりはやり手だろう。

「大川さんとはお会いになっていないんですか？」

「引っ越して来てから、ここの前はよく通ったよ。それこそ何十回もね」

老人は皮肉な笑いを浮かべた。

「大川ともすれ違ったけど、あいつ、ぜんぜんあたしに気がつかなかったねえ。仕方がない。十年ほど前に大病を患ってから、このとおり、すっかりしぼんじまったからね。けどね、あいつだって、小きたないじいさんになっちまったから、そのへんはおあいこだよ。本当に艶消しもいいところだ」

扉越しに音楽が盛り上がっているのが漏《も》れ聞こえる。映画はいよいよ見せ場に来たようだった。

「もとは金猫座のお客さんだったんですよね。大川さんとは、その縁でお知り合いになったんですか？」

「そう。地下劇場によく出入りしていたとき、あいつから勝手に熱を上げられちゃってね。あたしはいったん断ったんだ。あの当時は、堅気《かたぎ》な仕事に就いているとはいえなかったしさ」

普通の家庭のお嬢さんだったわけじゃない。もともと西口の特飲街にいた女でね。

大川オーナーの言葉が耳に蘇った。しかし現在、眼の前にいる老人からは、さっぱりと灰汁《あく》が抜けたようで、過去の蔭など微塵《みじん》も見えなかった。

「大川さんのお父さんが反対されたそうですね」

「知っているのかい。そりゃそうなんだよ。なにせ大川の親父は、あたしの客だったんだからね」

「はあ？」

ついつい妙な声が出た。

「大川はそのことを知らないんだよ」

「……でしょうね」

上映中の作品は『嫁の寝言・お義父さん、夫に内緒で燃えたいの』。よりによって、厭《いや》な符合である。

「ごたごたしたけど、結局は一緒になった。さいわいなことに、うるさい親父が卒中で倒れてくれたものでね。今になって考えてみれば、あたしのことが引き金になって倒れたんじゃないかね。いつ、女房や息子にばらされるかって、気が気じゃなかっただろうから。ははは」

老人はいかにも愉快そうに笑ったが、こちらの笑いは引きつった。自業自得とはいえ、可哀想《かわいそう》な大川オーナーのお父さん。

「あたしは大好きな金猫座《ここ》で働くことになった。受付《モギリ》をしたり、売店《タカバ》を手伝ったり、しあわせだったよ。けど、長くは続かなかった」

ややあって、ぽつん、と言った。

「子供を欲しがったんだよ。大川が」

「…………」

「あたしには、産めなかった。若くはなかったし、きれいな躰で大川のところに来たわけじゃなかったから。よそに好きな娘ができた、そのうえ、その若い女がただの躰じゃないって聞かされてさ。お義母《かあ》さんに土下座されて、寝たきりの親父にまで、孫の顔が見たい、金猫座に跡取りが欲しいと泣きつかれれば、黙って引き下がるしかないじゃないか。とんだ『椿姫』の愁嘆場《しゅうたんば》だったよ」

老人はいまいましげに吐き棄《す》てた。

「だからあたしは、なおのことメロドラマは嫌いになった」

皮肉なものだ、と思う。大川オーナーと二番目の奥さんとのあいだに生まれた、因縁のその跡取り息子には、金猫座への執着はまるでない。それどころか、父親の道楽を早くやめてほしいとせつに願っている。だからこそ、こうして休館の憂き目にも遭ったわけである。

「しかし、残念だね」

老人の口調がふと変わった。

「週替わりなんだろう？　また新しいのが観たいのに」

「え？」

怪訝《けげん》そうに返してしまった。

「『嫁の寝言』みたいな映画を、ですか？」

「そうだよ。今も言ったろう。あたしは、好いたの腫れたのすれ違ったの別れたの、その手のべとついた話は好きじゃない。かといって、若い連中の趣味に合わせて、じゃんじゃんどかんどかん、派手な効果音を出して自動車が宙を飛んだりガラス窓が吹き飛んだりする、派手な大仕掛けの映画を観るのもまっぴらなんだ。どうせ作り話なら、こういう素直な映画を観ていたい」

老人は、大真面目に頷いてみせた。

「あたしもこの年齢《とし》だ。こうなれば、なにもかもが懐かしいし、愛《いと》おしいんだよ。男のおとぎ話だろう。デズニイみたいなものじゃないか」

「はあ」

デズニイとは、ちょっと違うと思うがな。

「おかしくて、救いがたい、男のおとぎ話だ。思いきって、もう少し早く来てみればよかったよ」

だが、老人は心底からそう言っているらしかった。

「今週でおしまいなんて、寂しいね」

胸が熱くなった。

これまで、どこかすっきりしない気持ちを抱えながら金猫座にいた。今週の上映作はいいだの悪いだの、本気で言い合っているのは自分や水野だけじゃないのか。お客さんのうち、いったい何人くらいが上映作を真面目に観てくれているのだろう。月に一度のオールナイトは、いわば埋め合わせの気分もなくはなかった。

でも、そうじゃない。いつもの作品でいいのだ。待っていてくれるお客さんは、こうしてちゃんといるじゃないか。

「お客さん」

そうだ。この金猫座が必要なひとは、確かにいるのだ。

「これきりじゃないんです。ぜったいに再開します。それが大川オーナーの意志ですし、僕の希望でもある」

「そうかい」

老人はにっこり笑った。

「それじゃ、期待して待っているよ」

背を向けて、歩き出す。話しているときはしっかりしているが、背中はひどく小さい。

歩き方にも老人特有のおぼつかなさがある。

「お帰りですか」

「ああ」

大川オーナーと別れてから、このひとはどんな風に生きたのだろう。

好いたの腫れたのすれ違ったの別れたのの物語や、お涙ちょうだい式メロドラマは観る気がしない。そう言っていたこのひとの実人生は、どれだけの好いた腫れたや、すれ違いや別れに彩られてきたのだろう。

この場の立ち話で、そんなことまで訊けはしない。訊けなくとも、ひとつだけわかる。このひとが歩んで来た長い人生。そのときどきで姿かたちを変えながら、金猫座は輝くように存在していたということだ。

そう、きっと、おとぎの国みたいに。

「また来てください。ぜったいに」

声をかけると、ガラス扉に向かったまま、老人は軽く右手を上げた。

「必ず来てください。金猫座の灯は消しません」

ぜったいに。

語尾が震えかけたのを、慌てて呑みこむ。

あなたって、どうしてそうなの？

もとの女房の溜息が聞こえた気がする。いくつになっても感傷的な馬鹿なんだ、俺は。もう若くもないのに。

「あ」

忘れ物の巾着袋を、また渡しそびれたことに気付いた。

五

土曜日、終映。

入口のガラス扉はすでに閉ざした。場内の明かりを灯《とも》して、誰もいなくなった客席を一巡する。

最前列の左端の席まで来て、失笑する。座敷わらしの話から、思いもよらない因縁話を知ることになったものだ。

あの老人、大川オーナーの前の奥さんに、座敷わらしを見たことはあるかとも、訊ねておけばよかったかな。

ふっと、一日の疲れが襲ってくる。座敷わらしの特等席に腰を下ろした。

スクリーンが近過ぎる。そして、全体は見えにくい。なるほど、ここに座ったら、じっと画面を見ているより、映写窓を振り向きたくなるかもしれない。

それにしても、前の奥さんが健在だったとはね。大川オーナーがみた夢は、虫のいい願望に過ぎなかったわけだ。いや、ひょっとしたら、前の奥さんが待っている道を選んだから、ああして元気に退院できたのかもしれないが。いずれにせよ、死んだ奥さんからしてみれば、いい気持ちはしないだろう。大川オーナー、実際に死んだときは、奥さんから完全に門前払いを食いそうだな。

まあ、他人のことは言えない。俺はどうなる。俺なんて、待っていてくれる女は誰もいそうにない。

那美子。あいつはどうだろう。

無理だな。それこそ虫がよすぎる。那美子の顔を思い出そうとしても、浮かばない。娘の顔だけだ。

まだ、彼女からのメールに返事を出していない。

急激に眠気が襲ってきた。

「ひどいわねえ、健司《けんじ》君。わたしの顔を忘れちゃったの？」

那美子？

「そうよ」

脇腹をそっとつつかれた。

「すぐ隣の席にいるわ」

いつ来たの？

言いかけて、はっと気付いた。

こんなところに、那美子が入って来るはずはない。

明かりはつけ放しておいたはずなのに、あたりは暗かった。まるで、映画を上映しているかのように。

いや、まさに上映している。スクリーンに光が当たって、モノクロームの画《え》を映し出している。

そして、那美子が隣にいるのか？

「こっちを見ないで」

右側には、確かに誰かが座っている。顔を見たい。だが、思うように躰が動かない。

「見ようとしないで。見たら、終わっちゃうわよ」

終わる？　夢なのか、これは？

「そうよ。だから思い出して、あのころのこと。わたしたち、よくこうして並んで映画を観たじゃない？　覚えている？」

覚えているよ。那美子とつき合うまではひとりで観ていた映画を、ふたりで観るようになった。あれは、俺の人生における一大転機だった。

「ずいぶん大げさね」

名画座なんて行ったことがない。古い映画には興味がないと言っていたわりに、誘えば必ずついて来た。もっとも、隣の席で寝ていることもしょっちゅうだったけれど。

「横浜に、ピーター・ボグダノヴィッチ監督の特集上映を観にいったときの話？」

半分以上は眠っていたろう？　俺の肩に凭れて、すやすやと。

「音楽もない、静かな映画だったんだもの。つい眠くなっちゃったのよ」

スクリーンには、外国の田舎町の風景が映っている。トラックが行き交うたび、砂埃《すなぼこり》が白く舞う道路。映画館の暗い座席でごそごそ睦《むつ》みあう若い男女。スクリーンに恍惚《こうこつ》と見入る少年。

右の肩にかかる那美子の頭の重さと、髪の香り。触れ合う腕の温かみ。

そうだ。上映しているのは、あのときに那美子を眠らせた映画だ。

「健司君は、観たくないなら無理して来なくてもいいとか何とか、あとでぶつぶつ言っていたわね」

思えば、映画が娯楽の王様だった時代からは、はるかに遅れて生まれてきてしまったくせに、ぎりぎり名画座には間に合ってしまったのがまずかった。外国映画も日本映画も、観られるものならスクリーンで観なければならぬという妄執に取り憑《つ》かれて、銀座、浅草、新宿、高田馬場《たかだのばば》、池袋、大井町《おおいまち》や横浜まで通い続けた。アルバイト代も空いた時間も、たいがいはあの暗闇に消えた。

日本映画鬼才監督特集・朝から三本立てなんてプログラムもよく観たものだった。二百五十ミリリットルの紙パックのウーロン茶と、売店で買った百五十円の菓子パンで飢えをしのいで。なにも挟まっていない、生地が薄甘いだけのうまくもないパンだった。だけど、あの映画館へ行くとついついあのパンを買ってしまうのだ。商品名も知らない。売店のおばちゃんには指で示して、これ、と言うだけで通じたから。あのとき観た映画と味覚の記憶が一緒くたになっていて、今村昌平《いまむらしようへい》とか大島渚《おおしまなぎさ》という名前を聞くと、決まってあのパンの甘さを思い出す。

「健司君」

脇腹を、ふたたびそっとつつかれた。

「あなた、また、わたしがここにいることを忘れていたのね」

……ごめん。

「いつもそうだった。あなたの頭にあるのは映画のことばかり。いつだって気もそぞろだった」

悪かった。

「あなたの一番には、ぜったいなれない。歩《あゆみ》も苦労しそうね」

もう、若いときとは違うんだよ。いやらしいだけの中年だ。娘さんとは近づくべきじゃない。

「違いはしないわ。あなたは昔だって、じゅうぶんいやらしいことは好きな男だったでしょう？」

……まあ、それはそうだけどね。

「健司君、今度は逃げちゃ駄目だからね」

俺が逃げなくても、相手の方から逃げ出すよ。少なくとも、これまではずっとそうだった。

「わたしのとき以外は？」

出会ったときから、自分がどういう人間であるか、隠したつもりはなかった。彼女たちも、それでいいと言ってくれた。それが、時間が経つにつれ変わってしまう。あなたって、どうあっても、映画館から離れる気はないのね。どうしてなの？

溜息をつき、去って行く。いつだって、その後姿を見送ってきた。

「わたしから逃げたんだから、それくらいは当然の報いだわ」

逃げたつもりはなかったよ。

「嘘だわ」

残念ながら、嘘じゃない。どんなに距離を置いても、待っていてくれると信じていた。

「ずいぶん都合のいい話ね」

たくさん喧嘩もしたし、合わない部分もたくさんあった。それでも、誘えば一緒に並んで映画を観ていた。

「あなた、わたしを呼ぼうともしなかった」

呼ばなくても、ついて来たければ来るはずだと思った。いつだって、那美子はそうして隣に座ってくれたから。

「そうね。わたしは、いつだってあなたを追いかけていたものね」

どんなに好きなことをして、那美子のことを忘れていても、ふと隣を見さえすれば、必ずそこにいてくれると、高をくくっていたんだ。

「あきれたひと」

本音を言えば、ほかにも出会いはあると思った。実際あった。だけど、あんなにとことんつき合ってくれたのは、那美子だけだった。

「そうよ。今さらわかったの？　あなた好みの映画を観たのは、少しでも長くあなたの横にいたかったからよ。ほかに理由なんかなかった。あなたはそんなわたしを置き去りにしたのよ。待てると思う？」

いいや、思わないよ。

「歩からは逃げないで。ちゃんと向き合ってあげて」

それで、また、去って行く君のお嬢さんの後姿を見送るわけ？

「本音ね、それが。逃げられたくないから、自分から距離を置きたいのね」

触れていた腕がすっと離れた。

「わたしたち、あれだけ長い時間を一緒に過ごしたのに、ちゃんとしたお別れをしなかった。そのせいで、いつまでもいつまでも、終わったことを認められなかった。心の中では繫《つな》がっているという期待をしていた。考えてみれば、いちばんずるくて残酷な別れだったわ」

那美子が立ち上がった気配がする。

「だから今度は、あの子の後姿をきっちり見送ってあげてよ、健司君」

＊

那美子さん。

それきり、あなたはなにも言いませんでした。

あなたの次の言葉を待つうち、まぶたの裏にいつしか場内灯の明かりを感じていました。わずかのあいだ、うたた寝をしていたのでしょう。そうとわかっても、立ち上がる気にはなれませんでした。

この、眠りか現実《うつつ》か定かではない場所に、しばらくとどまっていたかったのです。あなたのぬくもりは、もはや思い出の中にしかない。かなしい現実に戻るのは、少しでも先にのばしたかったのです。

＊

日曜日、九時五分前。

出勤し、トイレ掃除を済ませたあと、壁に飾られた写真を眺める。どの写真も、昨日は注意をして見る余裕がなかったのだ。

あの老人の昔の姿を、もう一度確認した。黒髪をカールさせた、ふっくらした美しい女性だった。サザエさんみたいな髪型だけど美人だと水野が言っていたのは、彼女のことだったのだろう。

その笑顔に、現在の面影はまるでなかった。

「おはよう」

大川オーナーがそっと入ってきた。

「顔を出していいんですか」

「いいわけはないよ。こっそり出てきたんだ。嫁に見つからないうちにすぐ帰るよ。ところで、写真は飾っておいてくれたね？」

「ええ。大正十一年、昭和八年、昭和二十二年、昭和三十二年、昭和四十八年」

それぞれにつけられた年代を読み上げてみた。

「みんな、建物が落成した年の記念写真というわけじゃないんですね」

「従業員の集合写真自体は、年に一度は撮っていたんだよ。写りのいいものや、思い出深いものを選んでいたら、その五枚になったんだ」

「なるほど」

おはようす、と、もごもご言いながら水野が出勤してきた。

「初代金猫座と二代目の写真は、それしか残っていなかったからだけどね」

大川オーナーは、もっとも古い一枚を指で示した。この一枚は建物だけで、人物はいない。

「これが、僕の祖父《じい》さんご自慢のモダン建築もどきだね」

苦笑まじりに、二枚目を指差す。

「集合写真のはじまりは二代目からだ。ほら、祖父さんと親父が写っている」

芝居小屋じみた木造の建物の前に、十四、五人の男女が並んでいる。水野も騒いでいたが、女性は全員和服だった。それも、見るからに垢抜《あかぬ》けがしていない。いかにもうら寂れた土地に場違いな感じで建っている有様が伝わってくる。彼らの中心に立っている二人の男。白いワイシャツに黒いズボンという洋装の男たちだけが、わずかに都会の雰囲気を漂わせているようだった。

「親父はまだ三十歳前後だね。祖父さんは五十の半ばくらいかな。この三年後に亡くなったんだ」

顔から血の気が引くのがわかった。年嵩《としかさ》の男の顔に見覚えがあったのだ。

——これは、いつも扇子を片手に、にこやかに話しかけてくる、あの常連のお客さんじゃないか。

「もう少し長生きをさせたかったね。昭和八年じゃ、まだ経営もそんなに楽じゃなかったはずだ」

金猫座に棲みつく、子供ではない座敷わらし。最前列の左端の席から映写窓を見ている幽霊。

そういえば、あのお客さんは、気がつくといつもそこにいいいるのだった。受付《モギリ》をした覚えはないし、ガラス扉を出ていく姿も見たことはなかった。

金猫座を創設し、金猫座の中で命を終えた人物。考えてみれば、このひとほど座敷わらしたるにふさわしい存在もないのだ。大川オーナーも言っていたではないか。

祖父さんは、映画館《こや》にいるのがなによりも好きだった、と。

「滝沢君」

大川オーナーの気遣わしげな声がした。

「顔色がさえないぞ、大丈夫か？」

答えたのは、水野の間延びした声だった。

「心配いりませんよ。支配人はいつでもさえない顔なんです」

＊

那美子さん。

金猫座の開映も、今日を入れてあと五日となりました。

けれど近いうち、再び必ず、金猫座は扉を開けるでしょう。

大川オーナーは、夢の中のわかれ道で力いっぱい亡くなった奥さんを裏切ったわけですから、しばらく天国からのお迎えは来ないと思いますしね。それに、

「行くところがなくなると、困るなあ」

憂いていた座敷おじさんに、俺は紛れもなく約束したのです。

「必ず再開します。それまでの辛抱ですから」と。

＊

「金猫座は今月いっぱいでひとまずお休みいたします。またいつかお目にかかれる日まで」

革命を叫ぶ男

一

金曜日の朝、午前九時三十分。ビルの谷間の路地に、ようやく日が差しはじめました。わたしは金猫座《きんねこざ》の入口を竹ぼうきでしゃかしゃかと掃いていました。ほのかに沈丁花《じんちょうげ》の香りが漂ってきます。どこかの植え込みか鉢植えが満開なのかしら。いいえ、違うわね。もう四月ですもの。花の咲く時期にしては遅い。トイレの芳香剤の匂いなのよ、きっと。

とりとめもなく考えているとき、不意に声をかけられたのです。

「失礼ですが、池田《いけだ》さんじゃありませんか」

「はい？」

思いきりいぶかしげな声で応じてしまいました。それも無理はないのです。池田というのは、結婚前の旧姓なのです。なにせ、姓が変わって三十五年も経《た》っているんですからね。

「池田さんでしょう。池田キクエさん」

わたしに声をかけた男のひとは、頬をいくぶん紅潮させていました。

「お忘れですか。僕、大河内安朗《おおこうちやすろう》です」

ああ、とひと声漏《も》らしたきり、わたしは言葉を失いました。眼《め》の前にいる六十年配の男性が、遠い記憶に繋《つな》がります。

黒々とした髪を七三分けにして、黒縁の眼鏡をかけた、頬の削《そ》げた青年。

今では、髪は明るめの茶色に染め、後ろに流してあります。美容院へこまめに通っているわけではないらしく、毛髪の根もとは白くなってきていました。眼鏡は銀縁で、レンズの向こうの眼が大きく輝いています。おそらく遠近両用でしょう。昔と較《くら》べ、顔も全身もひとまわり大きくなったようです。

ずいぶん、変わった。

そう思った次の瞬間、わたしは下を向いていました。

変わったのは彼だけじゃない。自分も同じだ。それに気付くと、安朗さんの視線を避けずにはいられなかったのです。

「キクエさん、この映画館にお勤めしていらっしゃるんですか」

安朗さんは、入口の横にあるショーケースをしげしげと見直しました。

「僕はこの道をよく通るんですがね。あなたがここで働いているなんて、ちっとも気付かなかったなあ」

安朗さんの視線の先にあるのは、ショーケース内に貼られた、『三人のお局《つぼね》さま・オフィス乱れ三昧』と『女教師調教・下半身レッスン』『淫乱ウェイトレス・満開レストラン』の三本立てのポスターです。

「ひと違いです」

いたたまれなさのあまり、口をついて出たのは、我ながら突拍子もない言葉でした。

「ひと違い？」

安朗さんは不思議そうにわたしを見返します。

「池田キクエは、わたしの姉です」

舌が勝手に動きました。

「わたしは妹のユリ子《こ》といいます」

「妹さん？」

眼鏡の奥で、安朗さんの眼が激しくまたたきました。

「そいつは失礼しました。しかしよく似ておられますね」

「みなさん、そうおっしゃいます。けど、それを聞くたび、姉は怒るんです。わたししたち姉妹はまったく似ていないというのが、姉の決まり文句なんです」

それも、わたしではなく妹のユリ子の言葉です。

このときわたしは、自分が池田キクエ本人である、とはどうしても口にする気になれなかったのです。

「大河内さんは、姉のお友だちだった方ですか」

などと、空とぼけて訊《たず》ねさえしました。

「友だち?」

安朗さんはかすかに眼を細めました。

「そう、友だちというより、少しだけ踏み込んだ関係でしたね。もう、四十年も昔の話になりますが」

胸の芯が、ずずん、と揺さぶられるようでした。もうずっと長いこと、忘れていた感覚です。

ちょっとにぶい音を立てたようだけど、今のは胸のときめきに違いありません。

そうです。思えば大河内安朗さんは、わたしの初恋の男性だったのです。

――やはり言えない。

化粧もろくにしていない顔(かろうじて眉毛を描いただけです)、三ヵ月前にかけたきりで伸ばしっぱなしのパーマ頭(白髪の多さは安朗さんの比ではありません)、寝床から抜け出て来たのと大差ない服（実際、家にいるときも同じような服装です）、四十余年のあいだに二十キロ以上増加した体重（本音を言えば、ここがいちばん致命的です）。

こんな、おばちゃんまる出しの岩清水《いわしみず》キクエが、うら若き十九歳の娘だった池田キクエと同じ人間だと、このひとに思われたくはない。

しかも、ポルノ映画館で働いているなんて、あまりにも体裁が悪すぎる。

「岩清水さん」

そのとき、ガラス扉の内側から、滝沢《たきざわ》支配人が足早に出てきました。

「このポスターを、入口扉とロビーの壁に貼っておいてください」

滝沢支配人は筒状に丸めた紙を無造作に突き出します。

「月一のオールナイトの告知ポスターですよ。今月末から再開するんです」

言ってから、滝沢支配人はうさんくさげな視線を安朗さんに投げました。

「なにか問題でもありましたか？」

わたしにとも安朗さんにともつかずに訊ねます。おかしなお客さんが因縁をつけに来たものかと警戒しているのかもしれません。金猫座では、そういったことは珍しくないのです。

「ありません。これ、貼ればいいんですね？」

ぶっきらぼうに言い、滝沢支配人からポスターを奪うように受け取ると、わたしは安朗さんに向き直りました。

「大河内さんにお会いしたこと、姉に伝えておきますから」

状況がわからぬなりに、ただならぬ気配を感じたのでしょう。滝沢支配人はそそくさとガラス扉の中に引っ込みました。ポスターを拡《ひろ》げると、まだ立ち去っていなかった安朗さんが明るい声を上げました。

「やあ、東映《とうえい》の任侠《にんきよう》映画特集ですか。鶴田浩二《つるたこうじ》に高倉健《たかくらけん》。いいですねえ。若いころを思い出します。妹さんはご存じないかな」

「残念ですけど」

わたしは神妙に頷《うなず》きました。

「姉の世代と、わたしの世代では、映画の好みはだいぶ違いますね」

「あなたの時代は、どんな映画が流行したんですか？」

その質問には答えませんでした。答えられるわけはありません。

「仕事中なので、これで失礼します」

切り口上で言ってから、強いて素気なく、こう続けました。

「よろしければ、姉の携帯電話の番号をお教えしましょうか？」

「母さん、今夜はなにか用事があるのか」

夕食のあと、こたつ兼ちゃぶ台の向かい側でテレビを観《み》ている亭主に訊《き》かれました。

「別にないわ。どうして？」

「さっきからそわそわしている」

「していないわよ」

「携帯電話ばかり見ているじゃないか」

「見ていないわよ」

電話番号を教えたからといって、必ず連絡が来るとは限りません。ましてやその日のうちになど。

「お茶、まだ入っている？　新しいの入れて来ましょうか」

「まだいいよ」

それに、昼間のわたしの態度は友好的とはいい難いものでした。ひと違いだとしらを切ってもいるのです。

「今夜の洋画劇場は、何の映画をやるの？」

「『ターミネーター』だよ」

「前にも観なかった？」

「何度も観たよ。観たい番組がほかにやっていないんだから、しょうがない」

そもそも、わたしは還暦過ぎで亭主持ちの身。ひとり息子ですら三十歳を超えています。今さら初恋のひとからの連絡を心待ちにするなんて、どうかしています。

「最近では、野球中継が延長されず、九時前にぷっつり切られちゃうことが多いからなあ」

ぼやいている亭主は、三年前に定年を迎えたばかりです。

「こんな時代が来るとは予想もしなかった」

定年後も、もとの勤め先で働いています。非常勤扱いで、休日や出勤時間の融通は利くようになりましたけど、給料は半分くらいに減りました。といって、こんなご時世ですから、年金頼みで楽隠居を決め込むわけにもいかないのです。わたしも昨年、坐骨神《ざこつ》経痛を悪くして、いったんは金猫座を辞めようとも考えたのですが、結局は舞い戻って安い時給を稼いでいる始末です。

「娯楽というのは、若い世代の好みに合わせてどんどん様変わりしていってしまうものなんだな。そして俺たち古い人間は取り残されていく」

「生きにくい時代になったものね」

亭主に同意しつつ、携帯電話にちらりと視線を走らせます。

「博成《ひろなり》なんか、テレビすら観ていないみたいじゃないか」

息子の博成は大学を出て、会社勤めはしていますが、まだ独身の親がかりです。

「いったいなにが愉《たの》しみなんだろう」

亭主の声が暗くなります。わたしの返事も暗くなりました。

「ゲームじゃないの？」

博成の毎日の帰宅時間は判を押したように同じでした。日曜日もほとんど外出せず、部屋に閉じこもってゲームばかりしている模様です。きっと恋人はいないでしょう。

「お茶は要らない？」

「まだいいよ。今夜はやけに愛想がいいな」

また携帯電話を見てしまっています。亭主にあやしまれぬよう、わたしは苦しい溜息《ためいき》をつきました。


大河内安朗さんと知り合ったのは、十九歳の夏のことです。

高校を卒業後、わたしはデパートの紳士服売場に勤めました。その年の七月、お中元の配送アルバイトに雇われた学生のひとりが、F大学に在学中だった安朗さんだったのです。これで缶詰の詰め合わせやお酒のセットを抱えて歩くことができるのかと危ぶまれるほど、か細い青年でした。社員用の休憩室で幾度か顔を合わせるうち、どちらからともなく話をするようになったのです。

「学生運動なんかしてないだろうなって、アルバイトの面接で訊かれたよ。とぼけておいたけどね」

当時、F大学は、学生たちと学校側とが自治権をめぐる争いを繰り広げていることで有名でした。

「安朗さん、活動家なの？」

わたしが訊くと、安朗さんは快活に笑いました。

「今の時代、政治に無関心でいられるやつなんて、まともな人間じゃないと思うよ」

安朗さんはマルクス著作集というぶ厚い箱入りの本をいつも持ち歩いていました。わたしの父親などは、顔を歪《ゆが》めて共産主義者を厭《いや》がったものですが、わたしは違いました。むしろ、デパートの面接官や父親が忌避する「アカ」のひとたちが、輝いて見えさえしたものです。

「今は激動の時代なんだよ」

当時、ベトナム戦争の激化は、世界各国で反戦運動を引き起こしていたものでした。

「僕は佐世保《させぼ》にも行った」

「わざわざ長崎まで行ったの？」

アメリカの原子力空母エンタープライズ号が佐世保に寄港するのに反対する闘争に、安朗さんもデモ隊の一員として加わっていたというのです。

「催涙ガスってすごいもんだよ。眼が痛いなんてもんじゃなかった」

新聞やテレビのニュースでしか知らなかったことに、実際参加しているひとがいる。わたしはひどく感心しました。

「三里塚《さんりづか》も行っている。政府の強引なやり方に屈してはいけないんだ」

「そうよねえ」

「誰かがなにかをやらなくちゃ、世界は変えられないんだ」

「本当ねえ」

わたしは煮えきらない合槌《あいづち》を繰り返すのみでした。安朗さんの志は素晴らしいと思いましたが、自分自身がデモに参加する姿は想像できません。そんなことをしたら、父親に家から叩《たた》き出されてしまいます。

「キクエちゃんの親父《おやじ》さんみたいな古い体質の大人たちが、政府の帝国主義的やり口をこれまで黙認してきたんだよ」

安朗さんは熱っぽく語りました。

「これからは、若い人間が立ち上がって、世界を変えていくんだ。革命だよ、キクエちゃん。革命を志した者だけが、世の中を変えていくんだ」

結局、その夜、安朗さんから連絡はありませんでした。

「お父さん」

就寝のとき、わたしは亭主に訊きました。

「学生のころって、政治運動とかしていたの？」

亭主は眠そうな声で応じました。

「俺の渾名《あだな》は知っているだろう」

「渾名？」

亭主の名前は登《のぼる》といいます。学生時代の友だちは、亭主のことをのんちゃんと柄でもない呼び名で呼んでいました。

「のんちゃん。登だからのんちゃんなんじゃないの」

若い時分から頑丈でこわもて。加齢とともに髪も薄くなってきて、いよいよのんちゃんなる可愛《かわい》い語感から遠ざかっていくのがかえって滑稽なせいか、妹のユリ子も蔭《かげ》ではふざけてそう呼んでいます。しかしそれが学生運動と何の関係があるのでしょう。

「ちょっと違う。政治に無関心のノンポリシーだから、のんちゃんなんだ」

わたしはいささかがっくり来ました。

「しかも、そんじょそこらのノンポリじゃない」

亭主は得意げに続けました。

「日共《にっきょう》が来ようが民青《みんせい》が来ようが、断じてオルグされなかった。筋金入りのノンポリだったんだ」

絶句するしかありませんでした。安朗さんに言わせれば「まともな人間じゃない」男が、三十数年来の我が亭主であったとは。

「おまけに金もなかったからな。毎日毎日アルバイトに追われていて、ヘルメットをかぶってゲバ棒を振りまわしている余裕なんてとてもなかったね」

亭主の言葉をよそに、わたしは頭から蒲団《ふとん》をかぶってしまいました。

二

月曜日は雨の朝でした。

開館後、入場したお客はたったひとり。金猫座は、この日も見事に閑古鳥です。映写技師のアルバイトをしている水野《みずの》君が、煙草《たばこ》の箱を手に、へらへらと油を売りに来ました。

「岩清水さん、機嫌悪い？」

「悪そうに見える？」

「見える」

「だったら悪いんでしょうよ」

「怖えなあ」

水野君はちっとも怖くなさそうに肩をすくめました。

「で、どうして怒っているの？」

よくぞ訊いてくれたものです。わたしが不機嫌なのには、れっきとした理由があります。

わたしが坐骨神経痛の悪化で金猫座を離れていたあいだ、受付《モギリ》には若い娘さんが雇われていたのだそうです。その結果、職場に復帰したわたしは、お客さんから心ない言葉をいろいろぶつけられる破目になりました。

「なあんだ、いつものおばさんか」

とか、

「若返ったと思ったら、またもとに戻ってる」

けれど、こんなのはまだいい方です。今朝のお客さんは最悪でした。

「ちっ」

窓口を覗《のぞ》き込むなり、聞こえよがしに舌打ちだけをしていったのです。不機嫌にもなろうというものじゃありませんか。

「支配人が若い子なんか雇うから、こっちはとんだ大迷惑だわ」

わたしが口を尖《とが》らせると、水野君はぐっと身を乗り出しました。

「その若い子のことだけどさ。岩清水さんがいないあいだ、金猫座ではすごいドラマが起こったんだよ」

「そうでしょうよ」

わたしは気のない返事をしました。金猫座で起こるドラマなんて、珍しくもない。水野君がアルバイトに来る前だって、ここではさまざまな悲喜劇が展開されたものなのです。

トイレでおかま同士の喧嘩《けんか》があったり、年齢を誤魔化して入った高校生が痴漢に遭って泣き出したり、座席で痴漢同士が意気投合しすぎたり、見かねて止めに入った支配人が二人からぶん殴られたり、そのたぐいのドラマです。そんな話で耳を汚してたまるものですか。

水野君はいかにも喋《しゃべ》りたそうに受付の前でそわそわしていましたが、わたしがなにも訊こうとしないので、ついに自分から口を開きました。

「ここのアルバイトをしていた女の子と支配人が、うまくやったんだよ」

「うまくやった？」

「つき合っているんだよ、今。相手はまだ十代の女子大生」

あきれました。

若い娘さんとの縁が滝沢支配人にあって、どうしてうちの博成にはないのかしら。

そう思うと、むらむら腹が立ってきました。

「いい年齢《とし》をして、支配人もずうずうしい」

その午前中、事務室とロビーを行き来している滝沢支配人と、わたしはできるだけ眼を合わせないようにしました。

くたびれた四十男のくせに、女子大生と交際とは。なにをたわけた真似《まね》をやらかしているんでしょう。

少しは自重しなさいよ、この変態中年。今さらレンアイって柄でもないでしょう。みっともない。

わたしの携帯電話が鳴ったのは、十二時五十分。もうじき昼休みになるという時刻でした。

液晶画面を見ましたが、ぼやけていて番号は確かめられません。けれど、通勤用トートバッグの中から老眼鏡を取り出す暇もないのです。慌てて通話ボタンを押しました。

「もしもし」

低い男の声です。わたしの胸は高鳴りました。

「池田キクエさんの番号は、こちらでよろしいんでしょうか」

「そうです。池田キクエです」

このとき、わたしの声が普段よりかなり甲高く、黄色く染まっていたことは否定できません。

「どちらさまですか」

「僕、大河内安朗です」

「安朗さん？」

わたしは黄色い作り声のまま答えました。

「ユリ子から話を聞いていましたわ。お懐かしいですわね。あなた、今、どうしていらっしゃるの」

「お話をしていてもよろしいんですか？」

そう訊かれた刹那、入口のガラス扉が開いて、大川《おおかわ》オーナーがずかずか入ってきました。モップとバケツを手に持って、ベージュのつなぎに身を包んだ、いつものビル清掃員姿です。

「少しだけなら、大丈夫ですよ」

大川オーナーの姿を眼で追いながら、わたしは言いました。大川オーナーは窓口の前にモップとバケツを置くと、ロビーを真っ直《ます》ぐに突っ切って奥のトイレに入っていきます。わたしが私用電話をかけているのを気にかける様子はないようです。元気には見えても、耳はだいぶ遠くなったのかもしれません。大川オーナーは前の年、しばらく体調を崩していて、そのせいで半年間、金猫座も休館していたくらいですから。

「実は、こうしてせっかく再びご縁が繋がったことだし、一度、会ってお茶でも飲みながら、ゆっくり話がしたいと思っているんです」

「あら、わたしもお会いしたいと思っていたのよ」

じかに会っていたときよりすらすら言葉が出るのは不思議です。

「いつなら都合がいいですか」

安朗さんも、ずいぶん気が早いのです。

「いつって、そうねえ」

パートが休みの火曜日に予定はありません。すぐにでも返事はできたのですが、わたしはそれを保留しました。あんまり暇と思われるのは好ましくないように思えたし、安朗さんと会うについては重大な障害があることに思い当たっていたからです。なにせ、再会したあのとき、ひと違いだと言いきってしまっているんですからね。

夕方また連絡をする、と言って、わたしは電話を切りました。知らぬうちに緊張していたせいか、全身にびっしょり汗をかいていました。掌《てのひら》までべたべたです。近ごろにないことでした。

「岩清水さん」

そこへ、赤いプラスティックのコップを手にした大川オーナーがひょっこり顔を出しました。

「あんた、ひどいきんきん声で話していたね。電話の相手はだいぶ耳が遠いのかね」

そんなこと、あんたには言われたくないっていうんですよ。

昼休み、雨は上がって、空に晴れ間が見えてきています。

わたしは金猫座の前の路地に出て、妹のユリ子に電話をかけました。

「キクちゃん？　珍しい」

ユリ子は言いました。

「のんちゃんの具合はどう？」

亭主の具合というのは、こういうわけです。

我が家の庭には柿の木が植えてあって、家を買って二十五年、亭主が面倒をみています。会社が休みの日には、隣家との境のブロック塀によじ登って、枝切りばさみを駆使し、よぶんな枝をぱちぱち落とすのです。若い時分は危なげがなかったその行為も、ここ数年は見るからに危険信号が点滅して来ていました。そろそろ塀のぼりはよしてくれと何度も言ったのですが、亭主は聞き入れぬまま。去年の春、とうとう塀から落っこちて、左腕を骨折したのです。

「去年はさんざんだったわね。キクちゃんは坐骨神経痛、のんちゃんは骨折」

「……そうね」

五歳齢下《としした》のユリ子は、わたしが小学校六年生のときは一年生。子供のころはまるで相手になりませんでした。けれど、お互いに大人になってみると、やはり肉親である妹以上に、話をしやすい人間はいません。それに、わたしの中ではすでに、ユリ子を巻き込んだ計画がしっかりと練られていたのです。

「我が家の不幸は置いといて、ユリ子ちゃん、この前の年賀状の写真はよかったわよ」

三回の結婚歴がありながら子供のいないユリ子は、ここ十年、いつも二匹のダックスフントを抱いてにっこり笑った写真つき年賀状を送って来るのです。

「あんたは相変わらず若いわね」

「そりゃ、商売上、よぼよぼしていたら台無しだからね」

いくぶん警戒心が感じられる声で、ユリ子は答えました。わたしが下手《したで》に出るときは、なにか下心を隠していることを、長年の経験から察しているのでしょう。

「で、キクちゃんの用事って何なの？」

「ユリ子ちゃんの数時間を借りたいのよ」

わたしはユリ子に、わたしの身代わりになって安朗さんと会ってもらうように頼んだのでした。

「あたしがキクちゃんのふりをして、昔の彼氏に会うわけ？　どうしてそんなことをするの？」

ユリ子は当然の疑問を返してきました。そこで、わたしは答えました。

若いときから、ユリ子は目立つ子でした。美人という顔立ちではないのですが、化粧といい振舞といい、美人だと言わせてしまう強引な力があるのです。

「そりゃ、朝の身支度から夜のお手入れまで、時間とお金をかけてきたからね」

中年を過ぎた今、姉のわたしの眼から見ても、ユリ子はきれいだし、十歳は若く見えます。

「それはまあ、そうなんだけどさ」

美へのこだわりは外見を磨くだけに留《とど》まりませんでした。趣味と実益を兼ねてというか、趣味を実益に変えたというか、最初の離婚で得た多額の慰謝料を元手に、ユリ子は友人とエイジレス化粧品の会社を立ち上げたのです。当初は奥さまサークルの延長程度だった商売は、口から口への宣伝でじわじわ販路を拡大し、かなりの収益を上げるようになったのでした。

会社の取締役であるユリ子は、わたしと違って、話術も巧みなのです。

「そんなことはないわよ。あたしがじかに売り歩いているわけじゃない。基本的には通信販売なんだから」

結婚歴三回。現在は独身で、齢下の恋人と同棲《どうせい》中。男性あしらいは慣れています。

「そこは否定できないわねえ」

わたしとユリ子、男性にとってどちらが魅力的かは、考えるまでもありません。

「キクちゃん、自分を卑下しすぎなんじゃない？」

わたしは四十年前の池田キクエの記憶を、安朗さんの中で変えたくなかった、というより、正直に言えば美化したかったのです。わたしは初恋の思い出をどうしても壊したくないの。ユリ子ちゃん、後生だから協力して。

「キクちゃんの女心というわけね」

是が非でも引き受けてもらわねばならない立場上、自らを下げ相手を上げ、だいぶ大げさに訴えました。自分の矜持《きょうじ》など、構ってはいられません。

案の定、ユリ子はまんざらでもなさそうな声になりました。

「そういうことなら、力を貸すしかないわねえ。頼まれちゃってもいいわ」

わたしは胸のうちで安堵《あんど》の息をつきました。

ユリ子を動かすにはお世辞に限る。昔からわかってはいたけれど、うまくいって本当によかった。

「その彼、記憶にある気がするな。キクちゃんのデートのお相手、のんちゃん以外はそのひとくらいだったものね」

「……まあね」

よけいな過去まで知られているというのは、いまいましいものです。もっとも、ユリ子の過去についての知識であれば、わたしも決してひけはとりませんが。

「その男とあたしがうまくいっちゃったら、どうするのよ」

おだてが効きすぎたせいで、ユリ子は調子に乗っています。

「そのへんはご自由にどうぞ」

わたしは冷静に返しました。

「いいの？」

「いいわよ」

ユリ子の好みは若い男。それも、腕力は強いけれど、お勉強の方はできなさそうな男たちであることを、わたしは熟知していました。これまで結婚した最初のひとりは同い齢のぼんぼんでしたが、あとの二人は齢下で、顔立ちと体格がいいだけの男たちでした。「じじいなんて考えただけでうんざり」が口癖のユリ子には、青白いインテリがそのまま年齢を重ねたような安朗さんはぜんぜん射程圏内ではないのです。現在だって、その法則通りの男と同棲中なんですから。

もっとも、だからこそ、わたしはユリ子に頼むつもりになったのですが。

三

水曜日の午後四時、新宿駅東口の果物屋前で待ち合わせ。「池田キクエ」の服装は白いスーツに紺のハンドバッグで、それが目印。

以上の約束を安朗さんと交わしたあと、わたしはユリ子に念を押しました。

「よけいな話はしないで、くれぐれもばれないようにね」

「昔のことはぜんぶ忘れたって言っておくわよ。それでいいんでしょう」

「安朗さんと別れたら、すぐに連絡をちょうだいね。メールでいいから」

「わかった」


水曜日、晴れ、午後四時半。日はだいぶ長くなってきました。

携帯電話を確かめると、メールが届いています。わたしはひやりとしました。会って別れたにしては早すぎる。まさか、いきなりばれたのかしら。

震える指で確かめてみると、それは、電話会社からの今月の利用料金お知らせメールでした。うんざりしつつ削除です。まったく、どいつもこいつも、金よこせだけは律儀に言ってきます。

午後五時を過ぎました。

「おねえさん」

窓口に入場券を差し出しながら、お客さんが話しかけてきました。白髪で小柄な年配のひとです。

「オールナイトだけど、チラシはないの？」

「ロビーにフリーペーパーが並べられた台があるでしょう。その左端にありますよ」

携帯電話に気を取られていたせいで、かなり不愛想に応じたのに、薄茶色いレンズの眼鏡をかけたお客さんは笑顔を見せました。

「ありがとうね」

お客さんはロビーに貼られたポスターをとっくりと眺めていました。いかにも満足げな様子です。そして『淫乱ウェイトレス・満開レストラン』を上映中の場内に入っていきました。まだ冬物のハーフコートを着込んではいましたが、足もとはサンダル履き。おそらくは近所に住んでいるひとなのでしょう。お孫さんだっているであろう温和なご老人。それなのに、あのひとはウェイトレスの満開ぶりを確かめずにはいられないんでしょうか。

いや、そんなことはどうでもいいのです。

連絡はまだ来ません。まあ、たった一時間ちょっとじゃね。

いつの間にか滝沢支配人が眼の前に来ていました。

「岩清水さん」

「ポスターの反応はどうですか」

「ついさっき、チラシのありかを訊ねられましたよ」

それを告げると、滝沢支配人は満足げに頷きました。

「ここのお客さんたちは、やはり東映の任俠映画に対する反応がいいでしょう」

「そうですね」

「坐骨神経痛の具合は、すっかりいいんですか」

「そうですね」

「もうじき梅雨でしょう。神経痛は、雨の時期はあまりよくないのではないですか」

「そうですね」

わたしはひたすらそうですねを重ねました。ふだんなら、滝沢支配人は、わたしに対して用件以外の口を利くことは滅多にないのです。どうして今日に限って会話を試みたりするのでしょう。

よけいな無駄口を叩いていないで、はやく事務室にこもってしまえ。

「ここ半月ほどだって、あまり具合はよくないようにも見えるんですが、本当に平気ですか」

しつこいわね、この男。今はそれどころの話じゃないのよ。

「岩清水さんに休まれたら、金猫座はやっていけないんだから、どうか躰《からだ》を大事にしてください」

次の言葉が咽喉《のど》まで出かかるのを、わたしはようやく飲みこみました。

「また女子大生を口説けばいいじゃないですか」

しかし、せっかくの思いやりに対して、そんな皮肉で報いるのではあまりにも非常識すぎます。わたしは頭を下げながら言いました。

「大丈夫です。ご心配なく」

滝沢支配人は事務室に消え、わたしはロビーの壁に掛けられた時計を見ています。

午後六時をまわりました。外はもうすっかり夜です。


午後七時を過ぎました。

三時間。三時間も話しこんでいるのか。いくら何でも、長すぎやしないか。話の種があるわけじゃないだろう。共通の思い出なんかないじゃない。ユリ子はわたしじゃないんだから。

まさか、話が弾んだ挙句、お酒でも飲もうなんて話になったのかしら。いいや、お酒ならまだしも、ホテルに直行なんてことでは。

「何ということ」

奥歯をぎりぎり噛《か》みしめました。

「許さないよ、ユリ子」

勝手なものです。自分で頼んでおきながら、だんだんユリ子が憎らしく思えて来ました。

寄って来ます。

わたしの内心に噴き上げる紅蓮《ぐれん》の炎に気付くはずもなく、水野君がへらへらと受付に
「岩清水さん」

「支配人が気にしていたよ」

「なにを？」

「岩清水さんが、自分に対してなにか怒っているんじゃないのかなあ、ってさ」

女子大生との交際事実を知って以来、わたしが眼を合わせないようにしていたことは、
滝沢支配人にも悟られていたようです。

「そんなことを気に病んでいるなんて、胆《きも》っ玉が小さすぎるわよ」

「支配人にやさしくしてあげてよ。あれでいろいろ苦労が多いんだから」

「誰だって苦労している。甘ったれちゃ困るね」

「岩清水さん、もしかして今日も機嫌悪い？」

今ごろ気付いたのか、極楽とんぼ小僧が。

「怖えなあ」

水野君が退散したあと、わたしは少し反省しました。

去年の夏ごろまでは、あんなに気が利かない、頼りない子だった水野君が、支配人と
わたしのあいだを取り持つような心づかいを見せている。金猫座休館を経て、彼は彼な

りに成長したのでしょう。なのにわたしと来たら、大人らしいとはとてもいえない態度を示してしまいました。

それに、滝沢支配人の年甲斐《としがい》のない恋愛沙汰を悪く思う資格はありません。わたしだって、安朗さんの件があるんです。

午後七時半。ユリ子からの連絡はまだ来ません。

退勤後の午後八時十分過ぎ。地下鉄のプラットホームにいたわたしに、ユリ子からのメールがようやく届きました。

「中村屋でお茶を飲み、二時間ほど話しました。精算は割り勘です。あの男、駄目なんじゃないの？」

いきなり冷たい言葉です。そういえば、昔から安朗さんのデートは割り勘でした。男女同権の時代だし、僕は学生で君は労働者だからねと言って。そんなものかな、とわたしは納得していたのですが、ユリ子にとっては大きな減点対象だったようです。正直なところほっとしました。

「昔の思い出から現在の状況まで、自分ひとりであれこれ語っていて、あたしは頷いているだけで済みました。ほとんど聞き流していたけれど、彼の話の内容は革命だの金鉱掘りだの、夢みたいなことばかり。いまだに地に足がついていない感じの男ね」

ぎくりとしました。重大な記憶を、今の今まで失念していたことに気がついたのです。あのころ、わたしは安朗さんに活動資金のカンパを頼まれたことがありました。そのお金を、寄付したのでしたっけ、それとも断ったのでしたっけ。

そう、思い出しました。断ったのです。

安朗さんに求められたのは、わたしとしては大きな額でした。母親に相談したら、すぐさま父親に告げ口されてしまって、ひどく怒鳴られたのです。そんなアカとは関わるな、と。

わたしを叱った父親も、心配性だった母親も、この世にはもういません。感慨深いものがあります。

それにしても、なぜ、こんな重要なことを思い出さずにいたのでしょう。

ユリ子のメールは、次の言葉で結ばれていました。

「キクちゃんのメールアドレスを彼に教えておきました。もし連絡があったら、うまく話を合わせておいてください」

心の準備をする暇もありませんでした。

午後八時三十五分、まだ帰りの電車の中にいるうちに、安朗さんからのメールを受け取ったのです。

「今日は貴女とお会いできて、とても楽しかった」

貴女と書いてあなた。ひさびさに見る漢字遣いです。

「昔のことを沢山思い出し、胸が熱くなりました。革命を夢見て戦った若き日々と挫折。

貴女は黙って僕の話に耳を傾けていてくれましたね」

そりゃ、ユリ子にしてみれば、黙っているしかなかったわけだけど。

「貴女の優しさが心に沁《し》みました」

ユリ子に「ほとんど聞き流」されていたことを、安朗さんは察していないようです。さすがは化粧品販売会社取締役の社交術。わたしにはとうてい真似できません。

「貴女にもお話ししましたが、十年前、妻に去られて以来、僕は独身です。息子たちとも連絡を取っていません」

このあたりは聞き流さず、ちゃんと耳に留めておいてほしかったところです。

「残された生涯を賭けた冒険に挑むには、迷惑を及ぼす係累がない方がいいのだとおのれに言い聞かせつつ、一抹の寂しさは拭えないのも事実です」

生涯だの冒険だの、何の話？　安朗さんの熱の高さに、わたしはまるきりついていけません。

次の文章は、わたしの呼吸を一瞬停止させました。

「もし、貴女と結婚できていれば、また違う人生があったのかもしれません」

こんなことを、老眼鏡をかけなければメールの文字が追えなくなった現在《いま》になって告げられても困るのです。あの当時に言ってさえくれていたら、話は早かったのに。

あのころの安朗さんに、好きだとか結婚しようとか言われたことはありません。安朗さんの口から出るのは、人民戦線とか共闘とかいう難しい言葉ばかりでした。そんな高尚な話を遮って「ねえ、わたしのこと好き？」なんて低俗な質問はできなかったのです。

わたしは、安朗さんに軽蔑され、嫌われたくはなかったのです。

「またお会いしたい。いつお会いできますか」

もう会わない方がいいのはわかりきっています。けれど、これきりにするのも惜しい気がしました。

初恋のひととの関わりを、なにもないまま終わらせたくはない。といって、なにかがあっても困る。わたしはノンポリのんちゃんの女房だし。それに第一、安朗さんが会いたがっているのは、わたしではなくユリ子なのだし。

「困るわよ」

電話口の向こうのユリ子は言いました。

「もう一回だけ。それで終わりにするから。わたしには亭主がいるから自重したいって、そう言ってくれればいいの」

「それをメールで伝えるわけにはいかないの？」

「会って、彼に直接伝えてほしいわ。お願いだから」

「本当に困るなあ。あたしにだって、省吾《しょうご》がいるんだからね」

省吾とは、ユリ子と同棲中の恋人で、スナックのマスターをしている男です。口ひげをはやした体格のいい男で、ユリ子より十歳は若いはずです。ユリ子の好みは本当にわかりやすいのです。

「よその男に会っているなんてことがばれたら、マスター君は怒るかしら」

「まあ、ちょっとくらいはいいけどね。このところ刺激がないから」

そんなことを言えば、結婚以来三十有余年、我が家など、刺激があったためしがないのですが。

「本当にこれきりよ。あたしだって、さほど暇な身じゃないんだから」

電話を切ってから、深く息をつきました。わたしはいったい、なにをしているんでしょう。

この年齢になってよろめきドラマに身を投じるほど、わたしは身のほど知らずじゃありません。それなのになぜ、妹に無理をさせてまで、無意味な逢瀬《おうせ》を繰り返させようとしているのでしょう。

自分でも答えは見つかりません。ただ、わたしの脳裏に、安朗さんから届いたメールの一節がくっきりと刻み込まれていたことは確かです。

「もし、貴女と結婚できていれば、また違う人生があったのかもしれません」

四

月曜日。

どんよりとした雲が空一面を覆っていて、いつまでも眼が覚めた実感がわかない朝でした。

金猫座に出勤して、掃除にとりかかり、ごみ袋を出しても、灰皿の中身を洗っても、あくびばかり出ます。

今日も夕方の四時から、以前と同じ店で、ユリ子は安朗さんと会うはずでした。会ってどんな話をするのか。いずれにせよ、ユリ子にこれ以上の迷惑はかけられません。今日限りで終わりにしなければならないのです。

そもそも、最初に声をかけられたとき、すっとぼけたりしなければよかった。人妻の身で、過去の男に電話番号を教えたりするのではなかった。教えたとしても、かかって来たときに事実を打ち明ければよかった。電話で言えなかったのなら、待ち合わせには自分自身で行くべきだった。

いずれにせよ、確かなことはただひとつ。わたしがひとりで勝手に話をややこしくしたせいで、ただの旧知の人間同士の再会が、どうにも面倒くさいことになったんです。ビルの谷間から、わたしの胸の思いを映したような、陰鬱な空が覗いています。お客さんの入りもよくありませんでした。第一回上映の観客は、例の感じ悪い舌打ちおやじだけです。もっとも、いくら不満を表したところで、わたしを女子大生にチェンジするわけにはいかないことに気がついたものか、今朝は舌打ちをしませんでした。

夕方六時少し前、ユリ子はじかに電話をよこしました。

「火曜日、また大河内さんと会う約束をしたのよ」

わたしは戸惑いました。今日で最後にしたい、と強く言い張っていたのは、ユリ子なのに。

「どうしたっていうの？」

「姉さん」

ユリ子は口調を改めました。わたしの胸が、ざわざわと波立ちはじめます。ユリ子が真面目くさって「姉さん」なんて呼ぶときは、たいていよくない話の前触れなのです。

「姉さん、あたし、今度こそ旦那と別れようと思うの」

だの、

「姉さん、あたし今、旦那を包丁で刺しちゃった」

だの、ろくなことはないんです。さいわい、このときの刃傷《にんじょう》沙汰はきわめて軽傷で済み、二人の離婚は円満に成立したのでしたが。

そんな不吉な過去の数々を思い起こしていると、ユリ子はいくぶん硬い調子で続けました。

「火曜日の夜七時から、省吾の店で話をすることになっているのよ。姉さんも都合をつけて来てくれる？」

「わたしも行くの？　無理よ。八時まで仕事だもの」

「火曜日はお休みじゃなかったの？」

「いつもはね。でも、今週はオールナイト上映があるのよ」

オールナイトは、休館日の前日に行なわれるのが習いでした。それで、わたしもこの週は休日を休館日に合わせ、火曜日も出勤することにしたのです。

「こっちが無理するしかないのよ。人手が足りない映画館だからね」

同時に、給料を少しでも減らさないようにしたい、という計算もなくはありません。

「そうか。しまったな。キクちゃんがお休みだと思って、火曜日に設定したのに」

「どうして？　ユリ子がわたしとして安朗さんと会っている場に、わたしが同席するのはおかしな話じゃない？」

「キクちゃんに大河内さんと会えと言っているんじゃないの。話だけ傍《そば》でこっそり聞いていてほしいの」

わたしはますます戸惑いました。

「どういうこと？」

「その日、何とか都合つかない？　どうしても無理だったら、大河内さんに日を変えてもらうわ」

火曜日はオールナイトの前日です。しょせん、上司はあの女子大生ハンター・滝沢支配人。早退をさせてもらうことはじゅうぶん可能でした。

「都合がつかないことはないけど、いったいなにごとなのよ？」

「今、あたしが説明するより、じかにあのひとの話を聞いてもらった方がいいと思う」

こうなるとユリ子は頑固です。事情を聞き出すことはあきらめました。

それにしても、本当に、どういうことなのでしょう。安朗さんは、ユリ子になにを話そうとしているんでしょうか。

わたしの胸は不安におののきました。

けれど、そのおののきの中に、ちょっとだけ不純な期待感が潜んでもいたのです。

「次の休み、一緒に映画を観にいかないか」

十九歳の夏の終わり、はじめて安朗さんから誘われたとき、わたしは舞い上がったものでした。

「公開したときは成田《なりた》闘争で三里塚にいて、観逃してしまった映画なんだ」

当時はちょうど、『俺たちに明日はない』がロードショー公開されてしばらく経ち、二番館か三番館に下りてきたころでした。いや、『俺たちに明日はない』じゃなくて、『卒業』だったかしら。とにかく、観逃した映画と言われたとき、わたしの胸に浮かんだのが、「恋」の匂いが濃厚な映画であったことだけは確かです。

ところが約束の日、映画館街とはまるで方向違いの東京駅で待ち合わせたあと、連れていかれたのは、雑居ビル内の一室でした。学校の教室ほどの広さで、壁の一面にスクリーンがかかっています。

「あのう、これから何の映画を観るの」

並べられたパイプ椅子に腰を下ろしてから、そのことを訊ねたのですから、我ながら迂闊《うかつ》でした。『俺たちに明日はない』か『卒業』を観るものと決めこんでいて、その瞬間まで安朗さんに題名を確かめることをしなかったのです。

「『戦艦ポチョムキン』だけど?」

なにか疑問があるのか、といった表情で、安朗さんは答えました。

「去年、ようやく日本公開されたのを、見逃していたからさ」

はじまったのはアメリカン・ニューシネマとはほど遠い、モノクロの無声映画でした。

あとでそれがたいそう有名な古典作品と知ったんですが、少なくとも女の子をデートで連れていく種類の映画じゃありません。ちらちらする画面を眺めていても、設定も展開もぜんぜん呑《の》みこめませんでした。

「ずいぶん古そうだけど、いつの映画なの」

わたしが訊くと、安朗さんは涼しげに答えました。

「一九二〇年代かな」

冗談じゃありません。わたしの父親が生まれたころじゃありませんか。

けれど、このような骨董《こっとう》的映画も、安朗さんの周囲にいるであろう進歩的な活動家の女の子たちには理解できるに違いない。わかるようなふりをするしかない。

そう覚悟はしたものの、眠気をこらえるのが精いっぱいでした。

映画を観たあと、銀座裏まで歩いて、地下にある薄暗い喫茶店へ入りました。店には安朗さんの仲間らしき男女が四、五人集まっていました。彼らに紹介はされたものの、わたしはほとんど喋りませんでした。

「エイゼンシュテイン、聞きしに勝る名作だったよ」

「階段のシーンは名場面だ。鳥肌が立ったよ。やっぱり一見の価値はある」

こんな会話に、わたしが加われるはずがありません。

「モンタージュの発見から、映画の文法が生まれたんだ。君、知っていた?」

知っているわけがないんです。

「君も一歩を踏み出そうよ」

わたしはこの日も安朗さんに誘われたものです。

「誰だって、自分自身を改革することから革命の第一歩がはじまるんだ」

そうなのかもしれません。だけど、わたしは『卒業』の方がよかった。それが本音でした。

「水曜日はオールナイトだから、例によって帰りが遅くなるわ」

わたしの言葉に、テレビの画面に眼を向けたままの亭主が気の抜けた声で応じます。

「そうかい、そうかい」

この返事では、耳に留めてはいないようです。当日の朝になって同じことを言っても、はじめて聞いたような顔をするに決まっています。

「ひさびさのオールナイトだから、準備が大変みたい。あれやこれや手伝わなくちゃならないから、前の日も遅くなるかもしれない」

これは嘘《うそ》です。この日は、ユリ子と約束した例の日なのです。いつもと違って帰りの時間が読めないので、いちおう布石を打っておいたのでした。

「今回、オールナイトではどんな映画を上映するんだ?」

「え」

わたしは絶句しました。金猫座の上映作品に亭主が興味を示すなんて、常にないことです。

「ええと、博奕《ばくち》打ち総長何たらっていうのと、網走《あばしり》番外地シリーズが二本、日本俠客伝の一本と、全部で五本あったけど、あと一本は何だったか思い出せないわ」

「何だと」

亭主がこちらに向き直りました。眼が据わっています。

「東映任俠ものの傑作選じゃないか」

「あんた、興味なんかあるの？」

「ないわけがない。昔は夢中になって観たよ。『博奕打ち』シリーズもよかった。鶴田浩二が渋くってな」

「そういえば、あんたと観たような気がするわね。鶴田浩二が出ているやくざ映画」

デートのとき、リバイバル上映に二、三回無理矢理つき合わされた覚えがあります。

「お前と観たんだっけか？」

亭主の方はきょとんとしていました。

「『博奕打ち　総長賭博』はいいぞ。昔の恋人が親分の女房になってしまう話だろう？」

わたしは首を傾《かし》げるしかありませんでした。

「姐《あね》さんなんて、あなたにそんな呼ばれ方をするのは厭《いや》、って言うんだよな、安田道代《やすだみちよ》が」

亭主が恍惚《こうこつ》と話を続けます。

「ただでさえ手を出してはいけない他人の女房。それもよりによって、親分の女に惚《ほ》れているんだからな」

「………」

何となく、後ろめたくなってきました。

「そして最後は哀《かな》しい道行だ」

道行。

瞬間、安朗さんとわたしが夜汽車の座席で身を寄せ合っている映像が脳裏をよぎりました。

いけない、なにを考えているのかしら、わたしは。

「耐える鶴田がいいんだよ」

わたしは亭主のぼってりした腹のあたりを見ていました。昔は細身だったのに、今では土管みたいだわ。安朗さんもだいぶお肉がついたみたいだけれど、うちのよりはましよね。それとも、服を脱いだらやっぱりあんな風にゆるみきった感じなのかしら。

いけないいいけない。想像し過ぎ。だいたい、わたしだって他人《ひと》さまに見せられるようなお腹《なか》じゃないんだし。

あら、どうして見せるなんて考えるのよ。

「台詞《せりふ》がまたしびれるんだよな。俺はただのけちな人殺しだ」

わたしの内心など知る由もなく、亭主はひとりで喋り続けていました。

「くそ、たまらん。観たくなってきた」

「そんなに観たいなら、金猫座に来てみれば？」

半分は冗談のつもりで言ったのですが、亭主は真顔で答えました。

「それもいいな」

えええ？　本当に来る気なの？

わたしは戸惑いました。正直なところ、自分の職場に亭主が来るのは気が進みません。

けれど、思いとは裏腹に、口ではこう言っていました。

「だったら、わたしも一緒に観ていくわ」

先ほどからの妄想を気まずく思っているせいもあったのでしょう。

それにしても、安朗さんが戦艦ポチョムキンに鳥肌を立てていたころ、うちの亭主は網走番外地にうつつを抜かしていたのです。

もの凄《すご》い落差だわ。

火曜日、午後六時十五分。

金猫座を早退して、細長いビルの三階にあるその店に着いたとき、店内にいるのはマスターの省吾君ひとりきりでした。

「ユリ子の件で」

わたしが言うと、マスター君は重々しく頷いてみせました。

「話は聞いています。そちらのボックス席の椅子は背もたれが高いですから、カウンターからはまったく見えません。そこに身を潜めていてください」

まるでスパイ映画か探偵映画のようです。わたしはマスター君の言葉に従って、カウンターとボックス席が二つだけの、広くもない店の隅に躰を押し込みました。

「これから照明を暗くします。ばれる気遣いはありません。なにか飲みますか？」

わたしは首を横に振りました。このごろはトイレが近いのです。水分は控えるべきでしょう。

「店は八時開店です。それまでは誰も来ませんから、ご安心ください」

あとは無言でした。マスター君はカウンターの上を拭いたり、空いたビールのケースを外に運び出したり、開店の準備に余念がありません。わたしは所在なくコートのポケットから携帯電話を取り出して眺めました。確かめるべきものは、時刻だけです。午後六時四十九分、五十分、五十一分。

やがて、入口の木の扉ががたんと開いて、ユリ子が入ってきました。

「いらっしゃいませ」

マスター君が営業用の声をかけます。ユリ子の後ろには安朗さんがいるようですが、わたしはそちらを見るわけにもいかず、身を固くして息を殺していました。

「この前の話だけど、考えてくれた？」

安朗さんは、カウンター席に腰を下ろしながらユリ子に話しかけます。

「ええ」

ユリ子は立ったまま、コートを脱いでいるようです。

「けど、夫になかなか切り出せなくて」

マスター君が有線放送の音量を下げました。わたしが二人の会話を聞きとりやすいようにしてくれたのでしょう。

「なにもご主人の許可を得ることはないよ」

安朗さんの声が心持ち大きくなりました。

「君と僕、二人のあいだだけの話なんだからね」

二人のあいだだけの話？　わたしの胸は高鳴りました。まさか、駆け落ちを迫る気じゃないでしょうね。

駆け落ち。哀しい道行。そんな大それた望みは持っていなかった。どうしよう。どうしたらいいのかしら。

「ただ待っているだけじゃ、欲しいものは得られない。革命だよ、キクエちゃん。まず自分自身の意識を変えていくしかないんだ」

そのとき、沸き立つ胸の奥底で、なにか蠢《うごめ》きはじめたものがありました。二人のあいだだけの話。同じ言葉を、安朗さんの口から、ずっと昔も聞いたような気がするのです。

「こんなご時世じゃないか。政府の景気対策は当てにならないし」

景気対策？

わたしの興奮は、一気に冷めました。

どうしてここに景気の動向が関係あるんでしょう。やはり今でも安朗さんはマルクス経済学の信徒なのでしょうか。

「思いきった投資、それが君自身を救うんだよ。まずは百万。騙《だま》されたと思って賭けてみたまえ。ご主人に隠れてもそのくらいのことはできるだろう？」

徐々に理解できてきました。安朗さんがユリ子に迫っているのは、駆け落ちではないようです。

「中国の奥地は宝の山なんだ。そして金《きん》はいつの時代にも、どんな政治状況にも左右されない、間違いのない投資物件なんだよ」

安朗さんはユリ子から、いいえ、わたしからお金を引き出そうとしている。

耳のあたりがじんじん鳴るのは、もはや甘やかな期待のせいではありませんでした。

「僕はこの採掘事業に、残りの生涯のすべてを賭けるつもりだ。君も手を貸してくれ。ほら、勇気を出して、一歩を踏み出してみれば、これまでなかった道がひらけてくるに違いない」

そういうことだったの。

わたしは小さくひとりごちました。

マルクス経済学はさっぱり理解できませんが、現在起こりつつあることの意味がわからないほど、わたしは無知ではありません。

「姉さん」

わたしは椅子から立ち上がり、カウンターに向かって大声を出していました。

「義兄《にい》さんが塀に登って柿の枝を刈っていたら、足を踏み外して落っこちたの。はやく病院へ行ってあげてちょうだい」

「まあ大変」

ユリ子は眼をまるくして振り向きました。

「あたしの大事なのんちゃんが、とんだことになったわ」

どさくさまぎれに、たわけたことを口走っています。けど、わたしはそれに構っている余裕はありませんでした。

わたしを簡単に騙せると思った安朗さんも、乗せられてのぼせ上がっていた自分自身も、同じようにやりきれない。許せない。

「安朗さん」

突然の事態が呑みこめないのでしょう。安朗さんはユリ子の隣で唖然《あぜん》としています。

「もう、姉に連絡するのはやめてください。姉だって生活は楽じゃありません。厚生年金の給付金は、夫婦合わせて月々十八万円。生きていけないことはないけれど、家のローンはわずかながらもまだ残っているし、義兄さんは定年を延長して働いています。姉もパートで働いています。ひとり息子がいますが、頼れるなんて期待はしていません。一生懸命働いても、その先に安定した老後なんて見えません。だとしても、働けるうちに働くしかないんです。安朗さん、わたしたちの世代の人間はみんなそうなんじゃないですか」

安朗さんに対してだけ言っているんじゃない。わたしは、わたし自身に言いきかせていたのです。

「百万円は出せません。わたしはあなたのように物識《ものし》りではないけれど、間違いのない投資物件なんて、ありえない、そのことくらいはわきまえています」

安朗さんは倉皇《そうこう》と席を立ちました。

「わたしは革命も冒険もして来なかった。だけど、それは勇気がなかったからじゃありません。踏み出す一歩の方向が、あなたとは違っただけです」

「あなたは」

棒立ちになった安朗さんが、大きく頭を振りました。

「やっぱり、あなたが、キクエさんだったんですね」

わたしは肯定も否定もしませんでした。ただ、憎らしいともかなしいともつかない気持ちで、安朗さんの顔を見据えることしかできなかったのです。

「こっちのキクエさんとは」

安朗さんはユリ子を見遣《みや》り、また視線をわたしに戻しました。

「道理で話があちこちかみ合わないと思った。第一、美人過ぎる」

このような事態なのに、そのひと言が胸にさっくり刺さるのは不思議です。

「確かにあなたがキクエさんに間違いない。あなたは四十年前にも同じことを言ったものだった。つくづく情けないひとだよ、あなたは。僕を信じる。なぜ、それだけのことができないんです？」

安朗さんはだんだん興奮して来たようでした。

「信じる勇気さえあれば、あなたの人生はきっと輝かしいものになっていたはずだ。現在のあなたの生活はどうなんです。今のままで本当に満足なんですか？」

まくし立てる安朗さんから眼をそらさないようにしながら、わたしは頷きました。

「嘘をつけ。満足なはずがない。あなたの人生にはなにも起きなかっただろう。冒険も革命もなかった。凡庸な四十年間の繰り返しの果て、手にしたものはわずかな年金とやめられないパート勤めと頼りないどら息子」

「もう、そのへんでやめておけ」

マスター君が低い声で吼《ほ》えました。

「そろそろお引き取り願いましょう。うちの営業に差し支えますんでね」

安朗さんはなにか言い返そうと口を開きかけて、やめました。マスター君は安朗さんより十五センチは背が高かったし、二の腕も倍ほどふとかったので、とうてい勝ち目はないと踏んだのでしょう。

「ポルノ映画館のモギリのおばちゃん。あなたに似合いの人生だよ」

肩をそびやかし、棄《す》て台詞を吐いて、安朗さんは店を出ていきました。木の扉がゆっくりと閉まります。わたしは重い息を吐きました。

「あの大河内さんのこと、覚えているわ。母さんから話を聞いていたもの。昔もキクちゃんからお金をむしり取ろうとしたひとでしょう？」

ユリ子が口を開きました。

「だから今夜は、ここに来て話を聞いてもらったの。キクちゃんにとって大切な男性なのはわかるけど、やっぱり事実を知っておいた方がいいと考えたのよ。あのひと、キクちゃんの思い出にふさわしい男じゃないわ」

「見下げ果てた野郎だ。入口に塩を撒《ま》いておきましょう」

マスター君が、腹立たしげに言いました。

「あんなやつの言ったことは、気にしない方がいいですよ、キクエさん」

「大丈夫よ」

わたしは落ち着いて答えました。

「あのひとのことは、わたしだって忘れちゃいなかった」

そうです。ただ、忘れかけていた。いいえ、記憶の底にしまいこんで、取り出すのを避けていただけなのです。

「ご両親には黙っていればいいんだよ。君と僕、二人だけの問題なんだから」

あのときも、同じ言葉で、安朗さんはわたしからお金を引き出そうとしたのです。

わたしが安朗さんに同調しきれず、カンパのお金を渡さなかったのは、父親がうるさかったからという理由ばかりではありません。わたし自身、革命家にはなれそうにない自分に気付いたからです。

「革命のためには、あらゆる手段が正当化される」

「他人を騙し、利用することだって、大義の前では必要なんだ」

熱く語る安朗さんに、ざらついた違和感を覚えはじめていたからです。

わたしは、自分を利口な女に見せるために、安朗さんの話を理解したふりをするのをやめました。集会に誘われても断りました。デモ行進に誘われても断りました。ついにはカンパも断りました。

あなたは四十年前にも同じことを言った。安朗さんはそう言っていましたが、わたしは自分がそのときなにを言ったかは覚えていません。けれど、それをしおに、安朗さんからの連絡は絶えたのです。

そして数年後、わたしは亭主と出会ったのでした。

「でも、今のキクちゃん、格好よかったね。鉄火肌の姐御《あねご》が啖呵《たんか》切っているみたいだった。見直したよ」

ユリ子が言うと、マスター君が言葉を添えました。

「もと全学連なんざ、まるで敵じゃなかったですよ」

安朗さんがもと全学連だったかどうか知りませんが、わたしはとりあえず頷いておきました。

「当たり前よ。憚《はばか》りながら、わたしはノンポリのんちゃんの女房だよ」

やけ気味に木の扉をにらみつけ、ユリ子の言う「鉄火肌の姐御」気取りで言い放ちました。

「そう簡単にオルグされてたまるかよ」

五

水曜日、午後九時半。

オールナイト開場。亭主が金猫座にやって来ました。

「ほほう、岩清水さんのご主人か」

大川オーナーに引き合わせると、オーナーは嬉《うれ》しそうに顔をほころばせました。

「ご主人も映画好きだったのか。あんたもそれでこの仕事を選んだんだな」

もちろん違います。でも、機嫌のよさそうな大川オーナーに、あえて反論はしませんでした。

お客さんの入りは悪くありませんでした。四十八の座席はほとんど埋まったようです。それを見届けてから、大川オーナーは引き揚げていきました。

「本当は、夜通しつき合いたいんだがね」

大川オーナーは、残念そうに言っていました。

「さすがに休業明け早々は自重しなければな。ここまで漕《こ》ぎつけるのに、半年以上かかったんだから」

事務室からパイプ椅子を運び出しながら、岩清水さん、と滝沢支配人が話しかけて来ました。

「あとの仕事はもういいです。俺がやっておきます。ご主人が見えているんでしょう」

急《せ》き立てるように続けます。

「金猫座再開の記念すべきオールナイトです。早く座席に行って、ご主人とゆっくり愉しんでください」

「ありがとうございます」

滝沢支配人は、せかせかと落ち着かない様子です。受付を出て場内に向かおうとすると、へらへらした水野君がすり足で近寄って来ました。

「岩清水さん、来ているよ」

「ええ、わかっているわよ」

わたしは眉根を寄せました。てっきりうちの亭主のことを指しているのかと思ったのです。けれど、違いました。

「歩《あゆみ》ちゃんと話をしたの？」

あゆみちゃん？

「支配人の彼女だよ。さっき大川オーナーと挨拶をしていた。今は支配人が出したパイプ椅子に座っているよ」

ああ、あの娘かと、すぐに思い当たりました。お客さんは大半が中年以上の男性でしたし、ちらほら交じっている女性も同年輩で、たいがいは男性客の連れです。ひとりで来ている若い女性なんて、その娘さんくらいでした。ふだんはあまりお客さんの顔を見ないようにしているわたしでも、彼女には注目せざるを得なかったのです。

「興味ないわ。そんなことより、そろそろ映写室にいなくちゃ駄目じゃないの」

「支配人が、今夜はひさしぶりだから、開映までの準備は自分がやるって言うんだもの」

水野君は肩をすくめました。

「ピントとかサウンドのチェックとか、ひと通り済んでから俺と交代するって。俺、支配人にいまいち信用されていないのかなあ？」

知ったことですか。

「せっかく彼女が来ているのに、何でだろうね。照れているのかな。岩清水さん、どう思う？」

「興味ないって言っているでしょう」

ふとい声で言って水野君を押しのけ、客席に入りました。しばらく捜すうち、最前列の左の方に見慣れた薄い頭部を発見します。

そういえば、昔からあのひとはいちばん前が好きだと言っていたわね。自分の前に誰かの頭があるのは厭だって。それにしても、最前列の隅とは、よりによって観にくい席を選んでくれたものだこと。

「何十年ぶりかしら」

場所取りに置かれたジャケットを手に取りながら、亭主に話しかけました。

「映画館でこうして並んで映画を観るなんてね」

座席に腰を下ろす前に、ついつい後方を見遣ってしまいました。なるほど、最後列の背後に並べられたパイプ椅子のひとつに、くだんの女子大生が涼しい顔をして座っています。いまいましいことに、いつの間にかその横に立っていた水野君と眼が合ってしまいました。

やっぱり気になるんでしょう?

勝ち誇った笑みを送ってよこすのを黙殺し、さっさと座ってしまいました。

「仕事はもういいのか」

亭主が言うのに、わたしはすまして答えました。

「鼻の下をのばした支配人が大張りきりで活躍しているから、いいのよ」

「鼻の下?」

「何でもないわ。それより、最初に上映するのが、あんたが前に話していた映画よね。『博奕打ち　総長賭博』」

「そうだ。忘れようったって忘れられない映画なんだよ。スクリーンで観られるなんて、わくわくするな」

映画がはじまって三十分もしないうちに、亭主の頭ががっくんと手前に落ちました。早くも睡魔に負けたようです。わたしは溜息をつきました。

そして、スクリーンの中の物語は、いっこうに亭主が予告していた展開にはならないのです。

親分の女房になった恋人、など登場せず、鶴田浩二は道行もせず、親分子分、兄貴分と弟分、盃《さかずき》を返すの返さないの、任侠道だの人間《ひと》の道だの、浮世のしがらみでがんじがらめの男くさい場面が続きます。

「どういうことなの？　ぜんぜん違うじゃないの」

問い質《ただ》そうにも、亭主は夢の世界に逃避しているのでした。

任侠道か。そんなものは俺にはない。俺はただのけちな人殺しだ。

鶴田浩二が血で汚れた短刀を投げて、上映終了。場内が明るくなってから、亭主はようやく眼を覚ましました。

「おや？」

おや、じゃないわよ。

「よくおやすみでしたこと。それに、今の映画、徹頭徹尾あんたの話と一致しなかったわよ」

「安田道代も出ていなかっただろう。配役のクレジットのとき、俺もおかしいと思ったんだよな」

「けちな人殺し、という台詞はあったけど、道行はなかったわ」

「なにか、別の映画の内容とごっちゃになっていたみたいだ」

忘れようったって忘れられない映画と言っていたくせに、あきれた。わたしは座席を立ちました。

「どうした？」

「トイレよ」

ロビーには十二、三人のひとが出てきていました。滝沢支配人と水野君も、自動販売機の横で立ち話をしています。

「本当ですよ。気味が悪いんですから、スクリーンを見ないで、じっとこっちを見ているんです」

水野君が声をひそめて言っています。

「いたか」滝沢支配人は、嬉しそうに答えました。「よかった。本当によかった」

「なにがいいもんですか。異常ですよ」

ぼそぼそ囁《ささや》き交わしているのを尻目に、わたしはトイレに入りました。ひとつきりの個室は使用中。しかも、例の女子大生が洗面台で手を洗っているところでした。

「こんばんは」

振り向きざまに挨拶をされました。

「こんばんは」

こちらもそう返すしかありません。

「以前、受付にいたんですって？」

女子大生はにっこりと笑いました。

「ほんの短いあいだです。すぐに馘首《くび》になっちゃいました」

馘首？

「失礼します」

女子大生が出ていってすぐ、個室の中から水音がして、中から出てきたのは、いつか見かけた、薄茶色い眼鏡をかけた老人でした。

「どうも、お先にごめんなさいよ」

老人は手をちゃっちゃと洗うと、唖然としているわたしの前を、屈託のないえびす顔で通りすぎていきました。

信じられない。女性用のトイレに堂々と入って来るなんて。まったく、図太いじいさんもあったものね。

小用を済ませて、ロビーに出ると、滝沢支配人と例の図太い老人、女子大生が顔を合わせていました。

「ようやっと渡せましたよ」

滝沢支配人は、薄汚れた巾着袋を老人に手渡していました。水野君の姿は見えません。映写室に戻ったのでしょう。まだ休憩時間は残っていました。

「再開できて本当によかった」

巾着袋を受け取りながら、老人が言いました。

「あたしと同じく、この金猫座は年寄りだ。寿命《いのち》に限りはあるとしても、生きられるだけ生きてほしい。あたしはここを、最後の瞬間まで慈しんでいたいんだよ。老いた猫を見守るようにね」

「俺もそのつもりです。そうします」

滝沢支配人が神妙に答える横で、女子大生はにこにこと笑っています。けれど、わたしは気付きました。彼女の眼には笑いがない。老人と話を交わす支配人の横顔を、真剣過ぎるほど真剣に追いかけている。

——あなたの横にはわたしがいるのよ。どうか思い出して。振り向いて。

そうです。遠い遠い昔、わたしもあんな風に男のひとを見つめていたことがあったのです。

思いがけず、鼻の奥がつんと痛くなりました。

彼女の姿をそれ以上見ていられない。ロビーの壁に掛けられた額に視線を移し、モノクロームの古い写真を眺めていると、不意に声をかけられました。

「キクエさん」

傍に立っていたのは、安朗さんでした。

「昨日はどうも失礼しました」

「……どうも」

「ひどいことを言ってしまって、お詫《わ》びをさせてください」

「……いいえ」

あまりに意外で、なにを言っていいか見当もつきません。

「やくざ映画もお好きなんですか？」

どうでもいいような質問をしていました。

「やくざ映画が好きなんですよ。少なくとも」

安朗さんは真面目くさった顔つきをしています。

「古典的サイレント歴史劇よりもね。当時はああいう映画をデートに選ぶことが知的だと信じていたんです」

わたしと観た映画を、安朗さんも忘れずにいたことを、その言葉からわたしは悟りました。

「はじめに話しかけた何日も前から気になっていたんです。ここの窓口にいるあなたを見かけてね」

窓口にいる？　金猫座の中でわたしを見たということでしょうか。

「安朗さん、熟女がどうしたとか未亡人がこうしたとか、あんな映画もご覧になるの？」

「そうです。あんな映画も観るんですよ」

安朗さんはにこりともしませんでした。

「ああして話をするまで、あなたはちっとも僕に気付かなかった」

そうでしょう。基本的に、お客さんの顔は見ませんもの。

「僕が会っていた、偽のキクエさんは、あなたの妹さんですか？」

わたしは頷きました。

「話をしていて、別人みたいに変わったものだと感じてはいたんです。ようやっと腑《ふ》に落ちましたよ」

安朗さんは、いかにも感じ入った風に続けました。

「キクエさん。あなたはまったく変わっていない」

ロビーに明るい笑い声が響きました。あの女子大生です。

「そう、……でしょうね」

わたしたちは年を重ねてきました。けれど歳月は、わたしたちの内面を変えることはしていない。

安朗さんは変わっていないし、わたしも同様です。あのときと同じように、偽りの自分を作り上げようとした。ユリ子と入れ替わるという小細工までしたのですから、我ながらあきれるばかりです。

わたしたちは、なにも変わらぬまま、こうして老いてきたのです。

「メールに書いたことは、本心なんですよ。もしあなたと結婚できていたら、違う人生があっただろうな」

――もし、貴女と結婚できていれば、また違う人生があったのかもしれません。

「あなたは現実を見据えて生きている。僕にはその能力がない。あなたが傍にいる、その人生を選んでみたい。そう考えたことは事実なんです。四十年前も、そして、今もね」

わたし自身も、安朗さんの言う「もし」に未練があったのでしょう。けれど「もし」なんてありようがない。四十数年前、わたしはわたしの生きる道を選んだだけなのです。違う人生なんてなかった。どうしてそのことを見失いそうになったのでしょうか。

また、女子大生が晴れやかに笑いました。

ああ、と胸が詰まりました。彼女のような一途《いちず》さで男のひとを見つめる機会は、わたしにはもう二度と来ない。

これから先、何年、何十年の人生があろうと、二度と。

少しの沈黙ののち、わたしは呟《つぶや》きました。

「革命か。そんなものはわたしにはない」

さっき観たばかりの映画にあった、鶴田浩二の決め台詞をもじったのです。

「わたしはただの、けちなモギリのおばちゃんなんだ」

安朗さんは乾いた笑い声を上げました。

「昔から、それがあなたの任侠道でしたね」

「………」

「さようなら、キクエさん」

安朗さんは、座席には戻らず、ロビーを突っ切ってガラス扉の外へと出ていきました。

さようなら、わたしの「もし」の男《ひと》。

もとの座席に帰って来ると、亭主は左隣に座っている男性と話を交わしていました。

「それにしても、昔も同じ映画を観たはずなのに、中身はすっかり忘れているものなんだなあ」

　ほとんど寝ていたくせに、なにを言っているんでしょう。

「ぜんぜん違う話だと勘違いしていましたよ」

　五十年配の男性は、温和な笑顔で頷いています。

「そんなものです。観たときの年齢や状況によって、心に留まる場面は違いますしね。同じ映画《シャシン》を観ていても、ひとりひとりの胸の中に違う物語が残って当たり前なんです」

　左端の席にいるその男性は、胸もとで扇子をぱたぱたとはたきました。

「記憶というのは、古い映画のフィルムみたいなものでね。上映するごとに、悪い部分は欠落する。そのうちだんだん自分にとってよかったように編集された思い出になっていく」

　このひと、見覚えがある。常連さんだったかしら。

「胸の中に自分だけの上映用フィルムを抱え込む。年齢を重ねるということは、その一事に尽きるんですな」

　そうね。本当に、そういうことなのかもしれない。

「しかし、次の映画は間違いなく覚えていますよ。網走番外地。最初に観たのは渋谷だった。テレビでも、何回観たかわからないほどなんです」

「映画館《こや》の記憶と、そのときに観た映画の記憶は、分かち難いものですからね」

どうかしら。わたしは苦笑しました。亭主みたいに、いろいろ混ざっちゃうこともありそうだけど。

ブザーが鳴って、場内が暗くなりました。

「何にせよ、こうして金猫座が盛況のうちに復活したことは、なによりありがたいことですな」

闇の中から、男性の声だけが聞こえて来ました。

さっきの図太いじいさんと、同じことを言っているわ。みんな、金猫座が本当に大事なのね。そりゃ、わたしだって他人ごとじゃない。なくては困る場所よ。まだまだ働かなくちゃならないんだから。

「これからはじまる作品も、我々ひとりひとりの胸に焼きつけられて、この世でたった一本きりのフィルムになるんです。この時代、この土地に、金猫座という映画館が確かにあった、その記憶とともにね」

幕が開き、スクリーンにまぶしい光が当たります。

「これからはじまるのは、世界でただひとつの、あなただけの映画です」

亭主が椅子の中で身を乗り出しました。

あとがき――金猫座の男たちとわたし

映画館が好きでした。

はじめて映画館に行ったのは、まだ小学校に上がる前でした。母親が連れていってくれたのだと思います。観たのは、『ドラえもん』『怪物くん』の二本立てアニメです。映画が終わり、場内が明るくなっても、すぐには動けませんでした。とにかくやたら圧倒されて、言葉が出なかったのを覚えています。日常的にテレビで触れていた世界とは、まったく違う。大画面、大音量、暗い客席で沈黙しながら物語に入っていく。幼児には強烈な初体験でした。

以来、映画館は、わたしの大事な「場所」であり続けました。

＊

小学生のころは、ある映画会社の本社の近くに住んでいて、家風呂がなかったため銭湯通いをしていました。銭湯の経営者は、映画会社の株主だったそうで、脱衣所にはいつも映画のポスターが貼ってありました。ロードショー公開のハリウッド大作ではなく、たいがい古い日本映画。お風呂屋のおじさんはしばしば映画館の無料チケットをわけてくれました。おかげで子どもにしては映画館によく行っていた方だと思います。おじさんがくれた券で観られたのはハリウッドではなく古き日本の方でしたが。

そして、その映画会社と映画館とがある通り沿いには、成人向け映画館もあったのです。

洋画専門と邦画専門の二館。どちらの映画館にかかっている作品にしても、題名はみな強烈で、兄と報告をし合っては盛り上がっていました。いやな子どもたちですね。

あるとき、中学生だった兄が興奮して教えてくれた題名は、現在も忘れられません。

「おい、名画座で今『馬と犬と人間』ってすげえ映画がやってるぞ」

観たいとか、入ってみたいとは、あまり。いや、やっぱり入ってみたかったたし、観たくもあったのでしょう。

しかし、残念ながら、ふたつの成人向け映画館は、わたしが鑑賞できる年齢に達する前に閉館してしまい、公開時期を過ぎた一般映画を上映する二番館になったのです。

ちなみにわたしがその映画館で観たのは『ジュラシック・パーク』でした。楽しみはしましたが、心のどこかに「これじゃねえ」感があったことは否めません。

そう、確かに自分は恐竜を観に来たかったたんだ。でも、馬も犬も人間もちょっとは

（以下略）。


現在では、その映画館もなくなっています。

シネマコンプレックスの時代が来たのです。

＊

『金猫座の男たち』は二〇一三年に刊行されました。

このたび、文庫化されるにあたって読み返してみると、すでに隔世の感があります。ことに煙草。ロビーで喫煙できる映画館なんて、今やどこにもない気がします。

この小説は、「二十一世紀になったばかりの、どこかの時代」の物語ということで、お読みくださるとありがたいです。

ちなみに書いていて、いちばん楽しかったのは、上映作品の題名を考えているときでした。

執筆の際は、上野オークラ劇場さんで取材をさせていただきました。

改めてありがとうございました。

＊

映画館は、大事で、特別な「場所」でした。

映画にまつわる思い出は、作品の内容だけではありません。いつ、ひとりで、もしくは誰かと、どこの映画館で観たのか。すべての要素が絡みあって、自分の人生を作ってきました。

読んでくださったみなさんにとっての、大切な映画が、映画館が、胸のうちに蘇る。『金猫座』が、そのきっかけになれば、作者としてはこのうえなく嬉しいです。

歩ちゃんも、滝沢支配人も、水野君も、大川オーナーも、岩清水さんも、時を止めて『金猫座』で生き続けています。

加藤　元

二〇二三年七月

解　説

吉田大助

一般社団法人日本映画製作者連盟によれば、二〇二二年一二月末時点で日本全国にある映画館の数（スクリーン数）は三六三四。一九五五年以降のデータで最もスクリーン数が多かった年は一九六〇年で、七四五七。約六〇年で半分以下に減っている。しかも現在のスクリーンは、シネコンが三二二八で一般館はわずか四〇六。一般館に限って言えば、劇的な減少と言える。娯楽の多様化と、映画を配信で観《み》る環境の一般化が背景に挙げられるだろう。

減少を食い止めるための運動は各所で試みられている。例えば、新型コロナウイルスの感染拡大による緊急事態宣言が発令され、政府からの外出自粛要請により閉館の危機にさらされた全国の小規模映画館（ミニシアター、一般館）を守るために設立されたプロジェクト「ミニシアター・エイド基金」。二〇二〇年四月一三日から五月一五日にかけてクラウドファンディングによって集められた支援金はなんと、三億三〇〇〇万円以上にものぼった。

なぜ映画館が消えてはいけないのか？　言い換えるならば、映画館が消えることは、何が消えることなのか。「ミニシアター・エイド基金」の発起人の一人である映画監督の深田晃司《ふかだこうじ》は、ステートメントでこう記している。〈ミニシアターが、今まさに危機的状況にあります。それはつまり、映画の多様性の危機であると言えます〉。その言葉に大きく頷《うなず》いたうえで、全く異なる見解を付け加えてみたい。

映画館が消えることとは、その映画館で観た映画を思い出す機会が消えることに繋《つな》がるのではないだろうか。スクリーンに映し出される映画を観ながら、過去にその映画館で観た全く別の映画を思い出した、という経験は誰でもしたことがあるのではないか。映画館の椅子に座ってスクリーンを観ている時のことを思い出せば、すぐ分かる。観客は、映画を観ながら、映画館のことも観ている（新橋のガード下にあった名画座「新橋文化劇場」は、スクリーンの横にトイレが設置されていたため、おじさんたちが出入りする姿が丸見えだった！）。映画館の構造や調度品が、映画の記憶を刺激するのだ。さらに付け加えるならば、別に中に入らなくたっていい。映画館の横を通るだけでも、無意識のうちに記憶が蘇《よみがえ》ってしまうことだってある。

映画館は、思い出のスイッチだ。映画館が消えることは、過去の記憶を思い出すためのスイッチがなくなってしまうことなのだ。だから、なくしたくない、なくなって欲しくないんだ……と、本書『金猫座の男たち』を読むことで気付かせてもらうことができた。

二〇一三年に双葉社より単行本が刊行されこのほど初めて文庫化された本作は、『本日はどうされました？』といったイヤミス作品などものしつつ、『嫁の遺言』『四百三十円の神様』『ごめん。』（以上、すべて集英社文庫）など人情ものを数多く手掛けてきた加藤元の長編小説だ。人情もの＝人情噺《ばなし》は、夫婦や家族間の温かな絆《きずな》を描いてきた蓄積があるが、人情という言葉の本来の意味は「自然に備わる人間の愛情。いつくしみ。なさけ」（広辞苑より）。まさに、それこそが加藤元、と言いたくなる。どんなに苦しみや悲しみが描かれていたとしても、最後にはちゃんと温《ぬく》もりのある場所へと掬《すく》い上げられる感覚がある。

物語の主な舞台はオフィス街の一角、築四〇年以上の雑居ビルの一階にある、金猫座という小さな映画館だ。座席数は四八、スクリーンの大きさは縦二メートル幅三メートルほどしかない。上映中の作品は、『喪服の未亡人・淫虐《いんぎやく》調教』『淫乱宅配便・熱いの届けて』『いけない卒業式・マタ会う日まで』……。そこは、ポルノ映画館だった。

全四話は、金猫座の従業員が主人公＝視点人物に据えられている。

第一話「昭和の男」は、わたし（高瀬歩）が夏休みのある日、金猫座の支配人・滝沢健司に会いに行く場面から始まる。自分はあなたが大学時代に付き合っていた雨宮那美子の娘だ、わたしはあなたの娘だ。歩は「健司君」のそばで働きたいと直訴し、金猫座でアルバイトを始める。

若い女性の視点から見ることで、金猫座の異文化さが際立つ。例えば、自動販売機があるのに、なぜか栄養ドリンクだけは窓口で販売していること。一度の上映に、わずか三人しかお客さんが入らないこと。そのお客さんもぜんぜん、映画を観ていないこと。ただし、月に一度のオールナイト上映の際は、映画館のカラーがガラッと変わる。古き良き日本映画の名画座となる。

歩は映写技師のアルバイト青年・水野から、「健司君」にまつわる情報を着々とゲットする。モノローグの端々からは、彼女が何か企《たくら》んでいることがありありと見て取れるのだ。それは何か？　やがて明かされる動機の中にこそ、なんとも言えない複雑な愛憎が宿るのだ。そして第一話のラストで、重要な展開が勃発する。自ら清掃を買って出るなど経費削減に挑んでいたオーナーのおじいちゃん（大川さん）が、倒れてしまった。金猫座は休館となることが決まり――。

第二話「仁義なき男」は、水野を主人公＝視点人物に据えた一編だ。都立高校の国語教師である父親からは、将来に繋がるかわからない映画専門学校の学生であることや、ポルノ映画館でアルバイトしていることを暗に非難されている。ある日、昭和を代表する任俠《にんきょう》映画『仁義なき戦い』で千葉真一《ちばしんいち》が演じた、カツトシ（大友勝利《おおともかつとし》）の幻覚が現れるようになる。そして、鬱屈した自分の思いを晴らすような啖呵《たんか》を切り始めたのだが、どうやらその言葉は自分の口から溢《あふ》れ出ているようで……。

水野のこんなモノローグは、金猫座に集う人々の気持ちを代弁しているように感じられる。〈仏頂面の支配人。映写機が二台と編集台がところ狭しと置かれた映写室。便所の芳香剤くさいホール。汚れきって黒ずんだ赤い布張りの椅子が並んだ客席。うらぶれた酔っ払いと、ホモの痴漢。月に一回だけのオールナイト。／どうしてこんなに心を惹かれるのかはわからない。でも僕は、ここに来て、はじめて身の置きどころを見つけた気がしたのだ〉。休館前、最後のオールナイト上映後の場面で第二話は幕を閉じる。

第三話の「おとぎの国に棲む男」では、支配人・滝沢健司の物語は終わりからのスタートだ。休館が間近に迫り、新しい勤め先も決まっている。常連客に対しては、「必ず再開します。それまでの辛抱ですから」。「本当だね？」「信じてもいいね？」という追撃に対しては、「もちろんですよ」。守れる保証などない約束を交わしながら、常連客や大川オーナーらから金猫座にまつわる思い出話を聞き届ける耳となって、最後の日々を過ごす。彼らは映画館について、映画について話しながら、実は自分の人生を語っているのだ。やがて金猫座に昔出たという「座敷わらし」の意外な正体など、幾つかの「謎」が綺麗《きれい》に解かれたところで、最後の一文が現れる。〈金猫座は今月いっぱいでひとまずお休みいたします。またいつかお目にかかれる日まで〉。

その先で、本書最大のサプライズが発動する。

以降、最終第四話「革命を叫ぶ男」についてネタバレ込みで記していきたい。

なぜならば第四話の展開こそが、数々の人情もの（「自然に備わる人間の愛情。いつくしみ。なさけ」）を手掛けてきた加藤元の真骨頂と言えるからだ。

第四話の主人公＝視点人物は、第一話で〈十年以上も金猫座の受付をしていたのだが、先月から無期限長期休暇をとってしまった〉と記され不在のままだった受付（モギリ）のおばちゃん、岩清水キクエだ。四月のある朝、金猫座の入口を掃除していたところ、四〇年以上前にちょっといい仲だった大河内安朗から声をかけられる。「ひと違いです」「わたしは妹のユリ子といいます」。強引な態勢から繰り出したウソが、おかしなシチュエーションを招き寄せて……。ことの顚末《てんまつ》を楽しく追いかけるうち、ふいに現れた一文で衝撃を受ける。〈わたしが坐骨神経痛の悪化で金猫座を離れていたあいだ、受付《モギリ》には若い娘さんが雇われていたのだそうです〉。

おそらく多くの人が、第四話は、第三話以前の過去編だと思って読み進めていたはずだ。まったく違った。未来の物語だったのだ。つまり、金猫座は休館の時期を終え、閉館の危機を乗り越えて再開していた。

もしも一〇〇人の作家に「万年赤字経営にオーナーの体調不良が加わり、休館が決まった小さな映画館の群像劇を書け」という依頼が届いたならば、九九人の作家はこうは書かないだろう。最終上映の日を描くか、かつて輝いていた日々の過去編を最後に持ってくることで、物語のゴールとするのではないだろうか。しかし、加藤元だけは書くのだ。「再開してほしい」という登場人物たちの願いを、物語を追ううちに登場人物たちへの共感が芽吹いた読者の思いを、まるごと受け入れる希望の未来を出現させる。さらに付け加えるならば、岩清水キクエと大河内安朗の再会のドラマをビターで終わらせることもしない。ダメな人ではあった、けれど、この人と出会えて良かったという感慨を抱かせるのだ。

本書を読みながら、物語で描かれている場面とはあまり関係のない、自分自身の記憶が走馬灯のように蘇ってくる感覚に驚いた。映画館が思い出のスイッチとして機能するように、本もまた思い出のスイッチとなるのだ。そこに記された物語にのめり込んでいればいるほど、たった一文、たった一言で脳内スクリーンにありし日の思い出が大写しされる。しかも、悲しかった記憶や苦しかった記憶ですらも、どれもポジティブな温もりを携えて蘇ってくる。これが、これこそが、加藤元のマジックだ。

読み終えた今、『金猫座の男たち』の記憶が、人生というフィルムに焼きつけられたことを喜ばしく思う。「胸の中に自分だけの上映用フィルムを抱え込む。年齢を重ねるということは、その一事に尽きるんですな」。折に触れてこの新しい記憶を思い出し、今の時代ではなかなか難しくなってしまった、人を信じる、という行為への火種としたい。

（よしだ・だいすけ　ライター）

本書は、二〇一三年十二月、双葉社より刊行されました。

初出
昭和の男　「小説推理」二〇一二年三月号
仁義なき男　書き下ろし
おとぎの国に棲む男　書き下ろし
革命を叫ぶ男　書き下ろし

取材協力
上野オークラ劇場

加藤元の本

嫁の遺言

満員電車の中、ふと冷たい手が触れた。それは、死んだ嫁の優しい手だった——。夫婦、親子など、誰かを想って一途に生きる人々を描く、全七編。

集英社文庫

加藤元の本

四百三十円の神様

夜明けの牛丼屋。バイトの岩田のもとに、派手な女が転がり込んできた。助けてと懇願する彼女に一体何が!? 心を揺さぶる、注目女性作家の珠玉短編集。

集英社文庫

集英社文庫

金猫座《きんねこざ》の男《おとこ》たち

2023年 9月25日　第1刷　　定価はカバーに表示してあります。

著　者　加藤《かとう》　元《げん》
発行者　樋口尚也
発行所　株式会社　集英社
東京都千代田区一ツ橋2-5-10　〒101-8050
電話　【編集部】03-3230-6095
【読者係】03-3230-6080
【販売部】03-3230-6393（書店専用）
印　刷　大日本印刷株式会社
製　本　ナショナル製本協同組合

フォーマットデザイン　アリヤマデザインストア　　マークデザイン　居山浩二

ISBN978-4-08-744572-5 C0193